智慧旅行

——行走40国旅行妙招

行走40国/著

独行天下
旅行文学系列

13年经验，85国实践，
史上超强实用自由行宝典！

1. 省钱旅行妙招
2. 不懂外语出国妙招
3. 签证妙招

测绘出版社

U0712282

图书在版编目（CIP）数据

智慧旅行：行走40国旅行妙招 / 行走40国著.
—北京：测绘出版社，2014.1
（独行天下旅行文学系列）
ISBN 978-7-5030-3313-1

Ⅰ.①智… Ⅱ.①行… Ⅲ.①游记 – 作品集 – 中国 –
当代 Ⅳ.①I267.4

中国版本图书馆CIP数据核字（2013）第283147号

总 策 划：	赵　强		
责任编辑：	赵　强		
执行编辑：	付永涛		
文字编辑：	王　娜		
责任印制：	陈　超		
装帧设计：	锋尚设计		
出版发行	测绘出版社	电　话	010–83543956（发行部）
地　址	北京市西城区三里河路50号		010–68531609（门市部）
邮政编码	100045		010–68531363（编辑部）
电子信箱	smp@sinomaps.com	网　址	www.chinasmp.com
印　刷	北京新华印刷有限公司	经　销	新华书店
成品规格	170mm×230mm	印　张	14
字　数	226千字	版　次	2014年1月第1版
印　次	2014年5月第2次印刷	定　价	36.00元
书　号	ISBN 978-7-5030-3313-1		

本书如有印装质量问题，请与我社门市部联系调换。

P REFACE 前言

自从2005年开了"行走40国"这个博客，现在又开了"行走40国"的微博以来，很多读者告诉我，他们用了我在博客上总结的省钱妙招、不懂外语怎么出国的妙招以及签证的妙招，也迈出了他们旅行的第一步。每当看到类似这样一些留言的时候，我都非常的开心，这些旅行妙招在我的博客、微博里是最受欢迎的。因为对于我们中国人来说，出国最难的无非也就是这几个难题：一个是钱不多；第二个是中国内地的护照不是那么好用，在签证的过程中会面临很多难题，包括拒签；第三个是语言的障碍，我们大多数人的英语水平都不高，有的人甚至不懂英文，即使是有一些人懂英文，也常常是哑巴英文，不能流畅地去表达自己想要表达的意思。因此在旅行中语言障碍也是非常难以解决的。

我一直在总结解决旅途中出现的问题的方法和妙招，并把这些妙招写成系列文章，所以我的博客和微博才会有了独特的风格。最近我在各电视台分享旅行方法及在各地演讲时，有不少现场观众和听众问我："你为什么不把你在博客、微博里写的这些旅行妙招按照主题汇编成一本书呢？因为博客和微博，特别是微博上的内容太过繁杂，我们在翻阅查找我们当时所需的信息时，需要花费大量的时间和精力。如果你能出这样一本书，那我们既能用它在旅行前做好准备工作，又能在旅行路上边看边用，这样就能让我们很多人非常方便地使用你提供的方法了。其实，我当初在网络上写《行走40国旅行妙招》时，也是计划将这些妙招积攒起来，时机成熟时专门出一本书。现在，我已经有13年的出国旅行经验，而如今中国人自由行周游世界也已进入了井喷状态，作为较早开始出国游的旅行者，我应该在繁忙的旅行中抽出一点时间把这本我已经计划很久的行走40国旅行妙招分享给那些需要这些方法的旅行菜鸟们，让他们在旅行的过程中少走一些弯路，尽快实现自己的旅行梦想。

旅行不是富人的专利，也不是有多少钱就能走多远的路。不要为各种难题羁绊你的脚步，当你觉得旅行有各种困难、各种危险的时候，我送你一句话：想走就出发吧！上天若要收你，坦途也是深渊，上天若不要你，乱世也会安全。

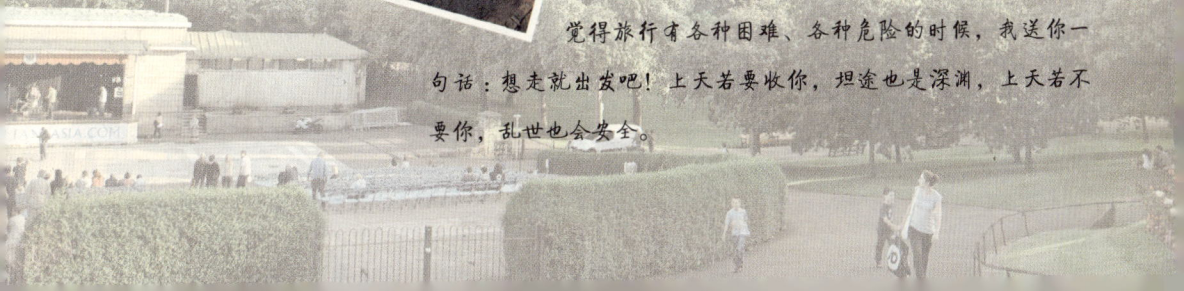

CONTENTS

目 录

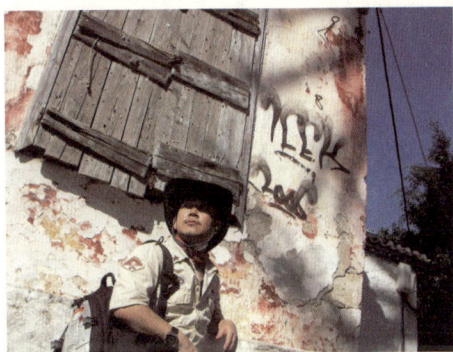

第一章
Chapter One

逼出来的智慧旅行

如果我不是那么疯狂地想周游世界，如果我是有钱人，如果我英文倍儿溜还懂多国语言，如果我拿的不是中国护照，就不会有《行走40国旅行妙招》系列了。即使你是只先天条件不足的笨鸟，能否被快速逼聪明，取决于你对梦想的强烈程度！

——行走40国旅行格言

军人爸爸

妈妈

电视连续剧《今夜有暴风雪》片段

我从小的梦想是做一名电影人，我从来没有想到今天的我会成为一个行者，并且是被很多驴友们效仿的行者。他们说我是旅行家，而我自己更认同"行者"这个词。

在我很小的时候，有一个梦想，就是去做电影导演。我出生在中俄边界——黑龙江边的一个军人家庭，爸爸教我吹笛子、画画，妈妈教我识谱、写作。这一切都是跟文艺有关的。我的母亲告诉我，她的梦想是做一名电影演员，她做过一件疯狂的事，就是生了我的大姐之后还一个人丢弃家里的一切偷偷跑去考北京电影学院，结果被爸爸抓回来教训了一顿。从此之后妈妈就把自己要去做演员的梦想埋在了心底。她对我说："我这一辈子不可能从事我想做的工作了，我希望你一定不要放弃自己的梦想，要去走自己的路。"

16岁那年，一个偶然的机会，我被著名导演孙周选中出演电视连续剧《今夜有暴风雪》里面最小的知青——小眼镜。这次演出改变了我的命运，之后我虽然没有进我想象中的电影制片厂，却意外地进了电视台，从一名演员做起，逐渐做摄像、主持人、导演。1997年，广州电视台给了我一个机会，让我成为了电视台最年轻的电视节目制片人。于是我有了一

《今夜有暴风雪》剧照

个想法，创办我自己最喜欢的旅游节目。那个时候旅游对于我来讲，只是一种爱好，从来没有想过把它作为工作。而这种爱好源于两个人对我的影响：一个是切·格瓦拉；一个是三毛。

少年时我被孙周导演从中俄边境400个学生里选中拍戏，从此进入电视台。那时他是山东台导演，巩俐也是他发掘的。

初中的时候我读了一本书，叫做《南美丛林日记》，作者就是切·格瓦拉。书中讲述了他在读大学的时候，曾经放弃了一段时间的学业，跟着邻居家的一个大哥哥骑着一辆摩托车开始了一段南美洲的多国旅行。这一趟旅行对他最大的影响是改变了他的世界观，他发现这个世界上有很多地方的人吃不饱、穿不暖，跟他本身熟悉的中产阶级的日子是完全不同的。于是，他决定改变这些人的命运，后来他跟卡斯特罗一起走上了革命道路。这本书读完之后，我发现原来旅行是可以改变一个人的世界观的。

之后我又读了三毛的《万水千山走遍》。这本书让我看到了我不熟知的世界，尤其是非洲撒哈拉沙漠地带那里的一些风俗让我很惊讶。当时我曾经想，如果有一天我能够像他们那样边旅行边写作，该有多好啊！

于是，在成为了电视专题节目的编导和主持人之后，当我有了做制片人的机会，我向广州电视台领导提出我要办一档旅游节目。这个节目是在内地不曾出现过的节目，带着内地的摄制组去台湾，用内地人的眼睛发现和介绍台湾的风土民情，这个节目的名字叫做《飞越海峡》。

主持青年节目《青春立交桥》

与台湾阿美族姑娘跳舞

主持旅游节目

在创办这个节目之前，我已经去了一次台湾，当时我竞争上了电视系列片《中华民族风情录》的高山族篇导演。正是那次台湾之行，让我发现台湾有很多东西是我们内地人并不了解的，直接触动我的是一件发生在高雄的事情。

当时我拍摄完了高雄县排湾族人的民俗之后，驱车来到高雄市，在高雄市我发现一条街道的大厦前摆了一排花圈。于是，我问台湾的向导，这里有重要人物去世了吗？这个向导非常不屑地对我说："这不是死人，这是在庆典。"我当时就疑惑地问："庆典为什么要送花圈？"他反问一句："在大陆庆典不送花圈吗？"我告诉他，在我们大陆，只有死人的时候才会送花圈。他却笑着对我说："花圈是不同的，送白色的花圈证明是对方家里有人去世了，如果送彩色的花圈，那就是用来庆典的。"而我告诉他，在我们大陆，无论是白色的还是彩色的，只要是花圈，一定是出现在葬礼上。就是这件事让我想了很多，台湾和大陆几十年的隔阂，有很多风俗和习惯我们已经陌生了。发现这个风俗习惯之后，我要求我的摄影师拍下一段介绍台湾用花圈来庆典的镜头。

　　这件事触动了我，于是我决定办一档用内地人的眼睛去看台湾的节目。这件事情的过程非常漫长，当我拿到主管部门批文的时候，播出的时间已经到了，可是我没有时间做备播带，这就意味着我在台湾要当周拍摄当周制作。在两岸没有三通的情况下，到了周五还必须想尽办法求台商把这个录像带带回广州去播放。当时压力非常大，因为一般人不会轻易帮你带一个他不知道里面装有什么东西的磁带盒。所以，我每次找十多个人，只有一个人愿意帮我携带磁带盒，所有的压力都压在我的身上，因为我是节目的制片人，而申请的六个人的入台指标只批了三个，我同时还要兼任节目的主持人。

第一次来到台湾野柳女王头像前

　　1997年，这一年我几乎每天只睡三个多小时。年初入台的时候我是一个瘦瘦的小伙子，到11月份的时候，我已经变成了一个大胖子。我以为是当地接待得好，台湾小吃吃得多变胖了，而事实上，一次花莲之行让我整个人都崩溃了。

　　当时我是在采访花莲慈济医院的创办人正严法师，她旁边的一个工作人员说："你的面色不对，在我们这儿做个体检吧。"结果一体检发现我是浮肿，而且血压特别的高，当时医生说你的肾可能出现了问题，你必须停下工作，做全面的体检。那一夜我一直没有睡，我想了很多问题，我一直认为我的身体特别好。我一直是个工作狂，想不到在我雄心勃勃去做这件我认为特别值得的电视

花莲正严法师的静思精舍

初到广州

台湾苏花公路的清水断崖

节目的时候，却得到了这样一种结果。第二天我做出了一个决定，停掉我手里的《飞越海峡》节目，回到内地去治病。

在广州治病的过程中，一个跟我一起看病的女孩的离世让我突然觉得也许我的病情再恶化下去，也会面临生命的危险。人在生病的时候总会往最坏处打算，当我在一次拍片之后，医生说我的一个肾在萎缩的时候，我想了很多很多。

当时我住在刚刚交了首付的房子里，房子是整个小区最后的尾楼，也是价格最便宜的一间。因为这间房子里有很多黑暗的死角，阳光需要通过窗户拐着弯才能照进来。当时我在那间黑黑的小屋里常常把灯关上，在黑暗中想着我个人和我家庭的命运。在我16岁的时候，在朝鲜战场负过伤的父亲因伤口恶化住院，最后去世了。那个时候妈妈才33岁，她带着病把我和两个姐姐拉扯大，而我在去台湾的前两年也就是1995年，母亲也去世了。我突然发现我母亲的病在我身上重现了，肾病、高血压。难道这是家族遗传吗？现在跟我最亲的人是两个姐姐，一个在湖北宜昌，一个在黑龙江。而此时生病的我独自在广州，当两个姐姐知道我生病的消息后，非常的着急。

1998年的春节，我背着中药罐子和几大包中药从广州回到二姐所在的湖北宜昌。姐姐说爸爸妈妈都不在了，你现在得了这样的病，一定要好好地治疗，不如去成都做个系统的检查吧。因为在我的长辈里，母亲的堂姐是华西医科大学的药剂师，母亲不在了，姨妈和舅舅也就成了我长辈里最亲的人。姨妈接到电话，告诉我马上回成都来做体检。记得那个时候正好是春节前，买火车票非常的难，当时我买了一张从宜昌到襄樊的火车票，同样背着药罐子和那几大包中药在昏昏沉沉中赶到了襄樊。当时心情复杂，血压一直难以控制，全部靠药物，即使是吃了药，在春运那种状况下，看到人多就烦，头晕脑涨，而且内心充满了对死亡的恐惧。

早年来到新建的湖北宜昌有线电视台开办综艺节目

在襄樊站等了一晚才买到去成都的火车票，那一路不仅是旅途中的辛苦拥挤，更多的是对疾病的恐惧和忐忑。

记得当时火车晚点，凌晨一点多才到达成都，姨妈把我接到了她的家，不停地安慰我。我的姨夫是华西医科大学皮肤科教授，他跟我说："你一定要放下负担，肾病有些人也是能够治好的。如果真的是发展得很严重的话，通过透析或者是换肾还是可以让你的生命维系下去的。"可是对于固执的我来说，总会认为那只是安慰，因为我亲眼看到了那个曾经跟我一起看病的女孩，三个月以后她再也没有出现。

在成都那几天，姨妈带我去华西医科大学拍片体检，当时我特别紧张体检的结果到底会怎样。片子出来以后，我反复询问有问题吗？后来他们告诉我，两边的肾有一个有萎缩的迹象。姨妈叮嘱我，回到广州以后，一定要用他们写的注意事项服药和饮食。

回到广州以后，我依然把自己关在三元里那间小黑房子里，心情非常的抑郁，甚至有几次想自杀。晚上曾经做梦自己被自己惊醒。在黑暗中好像有一个人拿着一把枪对着我的太阳穴，恍惚中感觉这个人不是别人，而是我自己。当我自己被那场梦惊醒的时候，打开灯

成都的姨妈

心靈的故鄉

Welcome back to the Spiritual Home

2009年，回到阔别12年的台湾花莲

发现房间里没有其他人，只是自己做了一个梦而已。我突然想到我的母亲是有抑郁症的，难道母亲不仅把高血压、肾病遗传给了我，连抑郁的倾向也传到了我身上？

第二天早上，熬完药回到房间的时候，我突然想整理一下房间。在我从台湾带回来的一直丢在墙角没有怎么整理的行李箱里看到了一本书，这本书是采访正严法师的时候，他们送给我的《静思语录》。这段时间一直没有动这个行李箱，因为我一直认为台湾之行是我的幸运，也是我的不幸，我不想再去触碰它。当这次又看到这本书的时候，我无意中看了几页，透过一些看似简单的文字我开始逐渐接受了一些显而易见的哲理。也许从这一刻起，我该接受我是一个病人的现实！也许我的一生不会像其他的人那么漫长，但是，我能不能换一种方法我现存的生命也同样精彩。我想既然无法掌握生命的长度，那就让我去掌握生命的宽度吧。

假如我跟那个女孩一样，一段时间之后就不存在了，我最大的遗憾是什么？我想起了我曾经读过的切·格瓦拉和三毛的书，那个时候我把像他们那样周游世界当做是人生的终极梦想。可是有一个声音告诉我，也许你的时间不多了，当时我突然就产生一个强烈的愿望，我要抓住生命的每一分钟去完成那个我最想完成的梦想。我要放弃一切去周游世界，我必须把这个世界上我想看的东西看完之后再离开这个世界，因为我不甘心这样的现状！

从1998年，我开始为我的周游世界做准备，更多的是资金方面的准备。2000年，我开始出发了，那个时候刚刚有了黄金周，我去的第一站是庐山。2000年的五一黄金周，庐山上下挤满了游客，当时还没

在深圳

有建索道，我拖着没有恢复的病体艰难地向上爬，当爬上仙人洞的时候，我的腿已经僵硬了。第二天早上，我要去美庐参观，可是我怎么也迈不开我的双腿，我的大脑无法支配我的腿。当时我突然有一种不祥的预感——我的腿残废了。中午的时候，别人把我抬上火车，送回了广州。到医院检查后，医生告诉我，你是很少爬山的人，休息一段时间你的腿就会好的。他还说了一句话："记住，想旅行，不能一口吃个胖子。你的身体很虚弱，你应该去条件好一点的地方旅行，到旅游设施齐备的地方去旅行。"

2000年五一的庐山之旅让我开始转变方向，我当时在想，国外的旅游条件也许好一些，我的旅行还是从国外开始吧。于是在当年的国庆节去了越南，从中国人最早的跟团游开始一直到最后的自由行，这个过程我都经历了，而当开始自己的自由行之后，问题接踵而至，我不懂英文而且是一个人旅行，因为在中俄边境读书的时

候，那里是不学英文的。怎样解决这个问题，成为摆在我面前的一道难题。

还有关于资金的难题，我从1998年开始准备经费，到2000年出国，只准备了三万块钱，而这点经费无法支撑我长久周游世界的目标。当有了自己的第一本因私普通护照之后，签证等问题我也必须逐一解决。我到底是把英文学好了、把钱全部攒够了再出发，还是现在就出发，边走边去解决这些面临的问题呢？我想时间不等人，我怕没有更多的时间去做充足的准备，于是我就匆匆上路了。在这个过程中，我经历了太多的艰辛和痛苦。我一路在摸索，一个个去解决面临的钱少、不懂外语，还有签证等问题。好在我坚持下来了，也找到了许多解决这些问题的方法。我非常感谢这些年来一路的磨难，正是这些面临的各种问题，才把我从一个并不太喜欢动脑筋的人逼成了一个聪明的行者，于是才有了我博客和微博上那些层出不穷的各种旅行妙招。

如今，13年过去了，我用自己摸索的这些妙招，完成了85个国家及地区的旅行。这不仅是其他人无法相信的，换作多年前的我，都不相信自己能够完成这样的艰难旅行。所以，其实我是一个被各种困难逼聪明的行者。

1997年1月在台北市政府

2009年台湾终于开放内地人来台旅游，于是在同一个地方同一个角度留下新的与女王头像的合影

第二章
Chapter Two

省钱妙招

旅行不是富人的专利！有多少钱，走多远的路！旅行是一种态度！既用脚，更用脑，会游的人无钱走天涯，不会游的人有钱也走不出自己的家！

——行走40国旅行格言

1

我是如何赚旅费的

（1）"炒更"拍广告

这几年在我的博客、微博还有最近比较上瘾的"啪啪"上，有一些新加入的粉丝或者读者经常问我这样一个问题：你怎么这么有钱能走完80多个国家，而我们连去几个国家的钱都赚不到呢？甚至有人多次给我留言，说我是一个富二代，而且还加一句："可恶的富二代！"每当看到这样的留言时，我都非常坦然，也无需解释。不过在今天这本书里既然提到钱，我还是先来说一下我是如何赚到第一笔旅费的吧。

我跟大多数读者一样，只是一个普通的白领，拿着一个月几千块钱的工资。如果仅靠这几千块钱的工资，别说80多个国家，可能连去一两个国家的旅费都不一定够。当1998年我决定去追逐我生命的宽度，去完成趁我健在的日子多走几个国家的梦想时，我开始面临第一笔旅费的问题。

那个时候我像很多没有出过国的人一样，想象着出国旅游一定会花很多的钱，可是我的工作收入无法实现我的梦想，我还能有什么样的办法去赚这些钱呢？本来我的身体不可能做更多的体力劳动，所以我只能想一

在北京新影影棚导演濮存昕出演的宝泉牌豆瓣酱胶片广告

在广州珠江电影厂影棚导演曹颖出演的化妆品胶片广告

在广州与摄影师亚辰、香港服装设计师邓达志等合影

些在体力上不费力，但是又力所能及的办法去挣这部分的旅游经费。当时在广东流行一种赚钱的方式，叫作"炒更"，当时在我们电视台的圈子里，几乎每一个做导演的都会在周末的时间去接一些广告公司的活来赚取外快。那个时候广州的广告业领先于全国，因为当时在广州是可以直接收看到香港的电视节目，广州的电视人和广告人最早就有了模仿香港和国外电视表现手段的先决条件。而中国的第一条电视广告就是电影导演孙周拍摄的太阳神的广告。他是我特别崇拜的人，也是我成长的伯乐，他不仅拍摄了中国第一条胶片电视广告，而且第一个启用明星来拍摄广告，当时他邀请著名演员李默然拍摄了三九胃泰的广告。在广州，我一直仰慕孙周，所以我也开始陆续地接一些电视广告，开始学习香港的广告手段，为广告公司出一些创意。

记得我接的第一条广告是广州的南洲花园地产广告，从接广告、出创意到拍摄完毕，用了一个星期的时间。交了片，赚了6 000块钱。也许今天看来这6 000块钱对一个广告导演来说并不多，但是在那个时候，它是我一个月工资的3倍。这件事让我看到也许我可以通过炒更赚到我的第一笔旅行经费的可能。

（2）卖歌词

除了拍广告，在那段日子里我还写了不少歌词。由于生病的时候，心情特别

黑剑与台湾歌影星徐若瑄

99.1.26.
于村

四川亲戚家还贴着十几年前我出演某广告的
海报

与广州电视台青少部同事在一起

郁闷，人变得易怒，当时写了一些在今天看来依然比较另类的歌词。比如有一首歌叫作《愤怒的金鱼》，我把这首歌的歌词拿给当时认识的一个朋友舒楠来看。舒楠是太平洋公司的签约歌手，当时他唱了一首歌叫《嫁给他你快乐吗》，那时候他的名气还不是特别大，但是他是一个能够自己作曲演唱的创作型歌手。他看了我的歌词以后跟我说："你适合写摇滚。"他的这句话让我突然发现也许以前喜欢写小说、写诗歌的我，还真能够在歌词创作方面有一番作为。而广州当时是改革开放之后流行音乐的策源地，那个时候集中了大量的流行歌手，很多有梦想的歌手都来到广州。所以，在歌词这块园地也许我能够有一番作为。

舒楠那句话对我后来写的很多歌词有很大的影响。如果你不知道舒楠，我可以告诉你，你看过的电影《让子弹飞》《建国大业》都是由他作曲的，他现在已经成为了电影导演姜文的"御用"作曲者。他的那句话让我想到，也许我可以把我的歌词投给摇滚歌手。于是我找到了当时在广州非常有名的一个摇滚歌星张萌萌。我很幸运，张萌萌从我这里最早购买了两首歌词，一首是《爱情走私犯》，一首是《消息树》，并且把《消息树》作为了他新专辑的主打歌。后来这首歌还获得了1998年广东新歌榜的年度最佳摇滚歌曲。当时他对我说："你有写歌词的天赋，尤其是写摇滚歌词的天赋。"这次我赚到了1 000元钱。之后《九月九的酒》的作曲朱德荣到我这里来，买走了歌词《你好坏》，价钱翻了一倍，卖了两千。再之后，《快乐老家》

的作曲浮克到我这儿来买了一首叫作《夜夜着魔》的歌词，又翻了一倍，可以卖4 000块钱了。那一年，我写了近百首歌词，其中一些歌词的成功卖出，让我的旅行资金变得更加丰厚了。

在广州导演晚会，与主持人胡一虎讨论细节

（3）把家当酒店出租

通过出广告创意和写歌词的方式我总共攒了两万多块钱，即使是这样，我仍然认为这些远远不够支撑我的出国旅行。我又在打其他项目的主意。还有什么样的项目是在不违法的情况下，不用付出太多的劳动力，而又可以赚取更多的旅行经费呢？于是我想到了我自己住的房子。

我住的地方离广交会所在地不是太远。每年广交会召开的时候，酒店都非常的紧张，很普通的三星级酒店可以一下子叫到一千几百块钱一天。之所以要价这么高，是因为那个时候客商多，酒店少。在广州每年有两届广交会，一个春交会、一个秋交会，每一届都有两周的时间。我突然灵光一闪，也许这里面掩藏着对我非常有用的商机。那时我自己住在我月供的那套房子里，我当时就想能不能把我的房子像酒店一样出租，按日租，如果我的价钱比酒店便宜，而我家里的洗衣机、厨房又可以给客商用，也许能够找到愿意花钱住我房子的人。

记得第一次成功揽到的客人是来自北京一家广告公司的三个参加广交会的人。当时我在搜房网上发了一条信息，我先给对方算了一笔账。那时我住的是三室一厅的房子，我告诉来参加广交会的客商，如果你是一个三人的小组来参加广交会，你至少要租两间酒店房，在广交会期间，这两间房至少要花到2 000块钱一天。而我的房子三室可以住三到四

决定把刚供的江景二手楼按日出租给广交会客商

个人，我一天只收1 000块人民币。除了住我的房子，你还可以使用我房间里的冰箱、洗衣机，你还可以用我的厨房做饭，而这些酒店是不一定提供的。信息发了之后，很快我接到了网上的第一个留言，北京的一家广告公司，一个女老板带了她的两位同事来广州，她决定住我的房子。当时她是要住十天，一天1 000，那么我十天时间就有了一万块钱的收入。而我自己怎么办呢？我的家里本来就没放什么值钱的东西，我用这每天收入的1 000块钱，拿出一百块钱去住到我家附近的中山大学的学生公寓旅馆，这样每天可以赚900块钱。十天过去了，我发现这种方法居然可以让我赚到至少一个国家的旅费。如果持续下去，春交会、秋交会都这样做的话，那么两个国家的旅费我就解决了。北京的这些租客离开以后，我通过我楼下的中介又把它租给了一个来自意大利的客商，他把剩下五天的时间也租走了，一切都非常顺利。于是我开始总结一套如何利用广交会租房赚钱的方法。

广交会结束之后，我的房子空下来，我又搬回了房子里来住。即使这样，我仍然会觉得非广交会的时间我也应该利用这种不累不辛苦又能赚钱的方法来继续多赚一点旅费。于是我决定把我的房子的其中一小间租出去，我又在搜房网上发了一条信息，怎样能够吸引别人愿意住我的房间中的一间呢？我先锁定了人群，我想最好是刚刚毕业的大学生比较好。我的第一个租客出现了，他是华南理工大学艺术系

抓住时机，供了因非典跌到半价的望江楼房，才6千多一方

钢琴专业毕业的学生。每个月1 000块钱的租金对于他来讲不贵，而且他在我所住的小区很快收到了一些学钢琴的孩子，我也同意他把钢琴搬到我的客厅，星期天他可以在那教孩子弹钢琴。而对于我来讲，曾经有过写歌词的经历，周末又有音乐相伴，也是一件很惬意的事。到了广交会的时候，我跟他商量，我们仍然把这个房子按日租出去，我们一起搬到附近的小旅店，我每天补贴你一百，他也愿意接受。这样持续下来，我的旅行每年都会有一些固定的广交会客商租房收入的支持。借用广交会出租房子这种方法一直持续到旅行之后的第六年，直到我的姐姐来广州陪我，才开始没有再把房子分租给其他的人。

（4）卖竹炭

为了赚取更多的旅费，2004年非典过后，我还租了铺位开了一家竹炭店。当时在日本旅游时，发现日本有很多火山炭做的除味产品，如鞋垫、冰箱除味包等。我觉得可以引进些炭原料，重新包装制作炭产品，后来听说中国浙江丽水的孟宗竹吸附效果不次于日本的火山炭。于是就专门坐火车跑去浙江丽水和余姚定了不少竹炭原料，又在广州永胜上沙租房研制包装出了针对装修除味的"竹炭花盆"，还设计了汽车除味炭箱，并注册了"炭精灵"商标，开了竹炭店。由于自己时间紧张，就请了朋友来一起做。生意开始不错，后来我告诉消费者，除味炭盆可以反复晾晒重复使用，这种好意导致的结果是附近的居民买了一个就不再买第二个了。最后生意实在难做了，才关了竹炭店。之后我还开过一家外贸服装小店。当时我有一个"旅游基金箱"，把攒的钱都放里面，假期来时看看箱子里的钱。多，就去远处旅行；少，就只在东南亚转转。

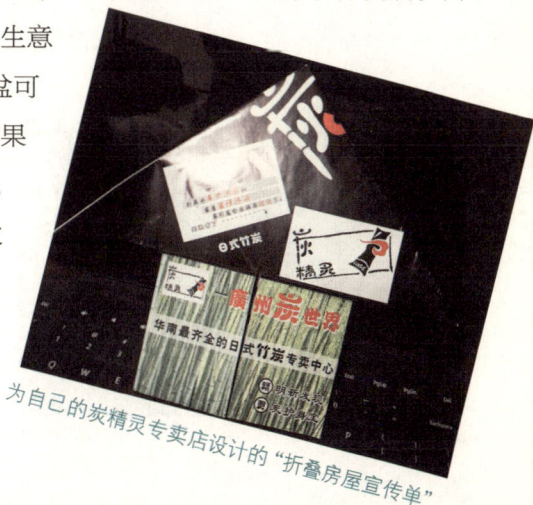

为自己的炭精灵专卖店设计的"折叠房屋宣传单"

2 我是如何省交通费的

（1）便宜机票怎么订

在旅行的过程中，把钱省着花是相当重要的。虽然常言道：穷家富路，但是省着花还真是要费一番脑筋。我是如何省旅游经费的呢？首先说一下交通费用是如何节省的。

旅行时会有很多你可能想象不到的事情，因此提前安排行程会比较好，这样你才有可能会订到非常便宜的机票。通常一些廉价航空公司的机票网站会提前半年甚至一年放出一些具有广告宣传性质的折扣极低的机票。甚至还有免费的机票，通常一个航班会拿出不超过十张这样的机票来做广告吸引人。我第一次发现免费机票是在亚洲最大的廉价航空公司亚航的网站上，记得当时我把这种方法公布在博客上之后，一个黑龙江粉丝按照我说的放票时间去这个网站上抢票，居然连续两次抢到了免费机票。因为在六七年前，发现和使用打折机票的中国乘客还不多，所以那个时候抢免费机票或者一元机票相对比较容易。记得我当时也去抢这样的机票，有时我甚至像一只无头苍蝇一样，见到就抢，反正只需要交燃油税，也就是人民币200元左右。如果我抢到了，第二年在那个时间段我没有时间去旅行，也仅仅是损失税钱，但是一旦我挤出了假

在意大利坐廉价航班

期，使用了这张机票，那我可能省下的就是一千多元。

（2）反季节旅行

在我的旅行中，还有一种方法也可以订到比平时更便宜的机票，比如说反季节旅行。通常人们去旅行的时候都会选择旺季，而很多国家的旅游季节与我们传统的旺季是不同的，比如俄罗斯，到了寒冷的冬季，很少有人会到这个国家去旅行，因为一般人是很难适应这种零下几十度的环境。再比如说一些热带的海岛，到了炎热的季节，去旅行的人也比较少，像马尔代夫、菲律宾长滩岛、帕劳、瓦努阿图、夏威夷这些地方通常在冬天是旅游的旺季。因为这时候其他的地方都很寒冷，到这儿来避寒是非常舒服的。如果我们在旅行中选择了反季节的话，你就能享受到便宜的机票、便宜的酒店。

俄罗斯谢尔盖耶夫东正教教堂

我个人认为不是以自然景观取胜的国家是适合反季节旅游的。比如说2007年，我就在寒冷的冬天完成了一次俄罗斯之旅。因为我当时的目的主要还是想看看这个国家的人文景观，像圣彼得堡的冬宫、莫斯科的红场，这些景点无论是在冬天还是夏天，它都是存在的。我虽然出生在寒冷的黑龙江，但是23年前我就移居到了湖北，4年后我又移居到了广州。这些年我很少去下雪的城市，原有的抗寒能力已经弱化了。所以，当时在寒冷的冬季去俄罗斯对于我个人来讲，也是一次挑战。但是选择这样的季节，机票和酒店可以让我省下一半的费用，我还是毅然决定前往。

在圣彼得堡滑雪

2月份在我要出发的时候，在电视上看到俄罗斯正在遭遇寒流。此时莫斯科的气温零下二十多度，而圣彼得堡的气温更低至零下三十多度。我出发的时候，寻遍了广州的各大商店，居然没有买到一双棉鞋、一条棉裤，只买到了一件棉衣。于是在没有完全准备好的情况下，我匆匆忙忙地踏上了寒冷的俄罗斯旅途。当我走出机场的时候，外面正飘着小雪，脸上像有一根根钢针刺痛着我的皮肤。很久没有这样

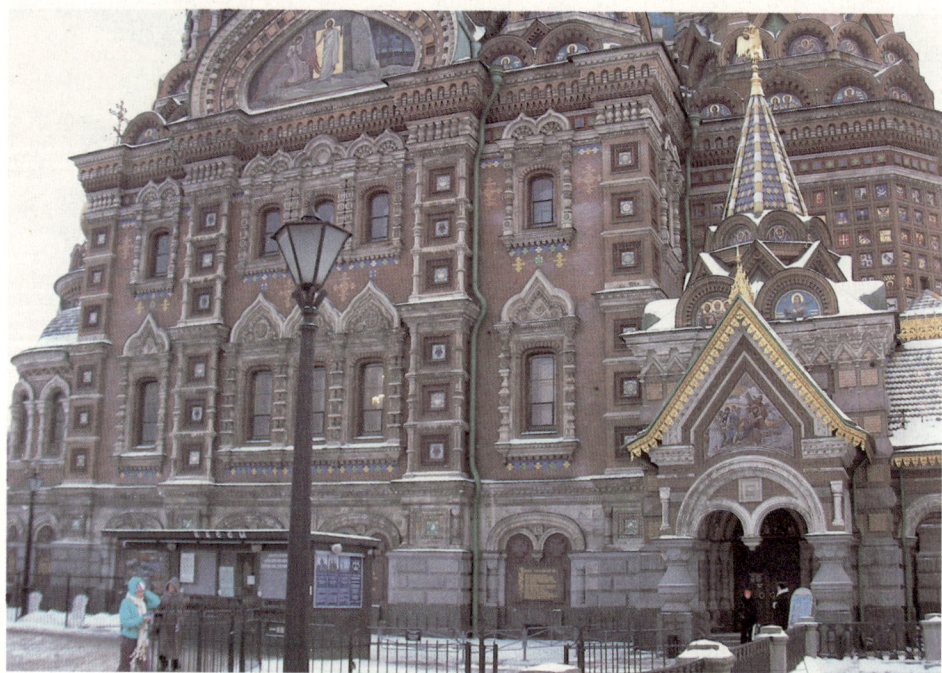

的经历了，我感受到了西伯利亚寒流的威力。最糟糕的是我还穿了一双单薄的休闲鞋。第二天去莫斯科红场，天空中仍然不停地飘着雪花，寒风一阵阵吹来，我的休闲皮鞋踏在雪地上吱吱作响，雪沫渗进我的低腰皮鞋里面。脚下一片冰凉，由于没有及时买到棉裤，即使我把秋裤和几条单裤一层层地套在身上，西伯利亚的寒风还是很快就穿透了单薄的裤子，让我的双腿不停地打颤。在这样寒冷的环境下去看红场的建筑和士兵，红场那久久不熄的长明火让我有一种忆苦思甜的味道，所以后来我在博客上写的俄罗斯系列文章，起了一个很冷血的名字：《铁血俄罗斯》。

　　比莫斯科更寒冷的还要属圣彼得堡。记得在圣彼得堡看一个教堂的时候，一个当地留学生为我们做向导。零下三十多度的气温，像刀子一样的风吹打在我的脸上，我的脑袋一片空白。那位向导姑娘讲的关于教堂的故事，我根本就无心去听，当时只是想旅行快点结束，快点回到温暖的旅馆，甚至在寒风中多站一分钟都是一场漫长的折磨。而这次旅行让我深感不同的是我体会到了真正的俄罗斯，一个其他人体会不到的严酷的俄罗斯。虽然在这里我经历了多年不曾体会到的寒风刺骨的旅行，但是我觉得这样的旅行仍然是值得的。

　　在这之后，我又用反季节的方法在酷热的5月去了印度，在水灾频发的6月去了孟加拉国。当然，我也希望是在最美的季节去看最美的地方，但是毕竟我不是有钱人，我要把我积攒下来的每一分经费用来去更多的国家。在无法解决金钱问题的时候，反季节旅行成为我无奈的选择。当然，如果你也想省钱，不怕吃苦，想多一些不同的体验，不妨尝试一下反季节旅行。虽然会经历一些磨难，但是其中也会有快乐的回味。

（3）巧用旅行真空期

我们都知道，一般情况下每个国家的消费水平都是相对固定的，但是我一直在寻找打破这种定律的便宜旅行的方法，其中一个方法，我称之为"旅游真空期"。

每个人喜欢的旅行目的地都不止一个。你先要想清楚自己最想去的地方有哪些，不分国内国外先排列出来，地方越多机会就越大，然后留意各个国家的动态。在这些国家中，如果哪个国家出现了大事件，无论是人为的（比如泰国的红衫军示威、尼泊尔的政变、埃及的政变），还是天然的（比如东南亚海啸、亚洲非典、日本地震）都会给你带来省钱的契机。但是，这样的旅行危险性也是很大的，必须要慎重考虑。而我在早年行走40国的过程中看到的恰恰是劫后或灾后的恢复期（也就是事件发生一个月之后到两个月的时间，我把这个时间命名为"旅游真空期"）。这个时期会为你节省很多旅行费用，既然可以节省旅费，这种方法还是可以尝试的。

记得东南亚海啸发生两个月之后，我就来到了其中一个经历海啸的城市马来西亚的槟城。在海边，我依然可以看到在海啸中倒塌的建筑，还有一些被摧毁的林地。但是那段时间的机票真的很便宜，酒店因为没有多少人去住，也轻易就可以拿到四折的价钱。

2008年四川地震之后，在恢复期的时候，我来到了四川的都江堰。记得从广州飞过去，机票不到200块钱，旅店平时收400元的，现在100多就可以住下来。不要以为在灾难发生之后你来旅游是一件很残忍的事，事实上，灾难之后灾民们更需要的是恢复正常的生活，他们希望得到的帮助不仅是来自国内外的捐款。而我们去那里旅游，去那些没有人住的酒店居住，去把旅行购物的钱花在这些灾区，也是对灾区恢复重建的一种很好的资助。

我利用"真空期"省旅费的类似经历还有很多，在泰国"红衫军事件"

带着粮食来到四川地震灾区

后，我来到泰国旅行，因为泰国前一阶段的游行示威，政府的更换让游人敬而远之，泰国的旅游业收入一落千丈。阿披实上台后重振信心，恢复旅游业，所以各种优惠政策同时出台，机票、酒店、娱乐场所各出奇招打折，免首单招揽生意。最危险的时候和最危险的地方，往往又是最安全的。据说当时泰国领导人许诺，如果外国游客在旅游购物时被欺骗，可以直接报警。这样的承诺平时是不能兑现的，你还担心什么呢？

非典之后大家还没有想到去旅游时，我已经来到了同样受非典波及的越南和柬埔寨。大多数人还没有重新开始旅行，这时我享受到了低廉的机票。

在津巴布韦被英联邦制裁导致货币贬值之后，我来到了非洲的津巴布韦，在那里，我带来的美金显得特别的好用。

在美国"9·11"之后，我来到了美国的纽约旅行，在那里，许多平时需要排队的景点再也不用排队了。

在斯里兰卡泰米尔猛虎组织冲突之后，我来到了斯里兰卡旅行。当时局势已经平稳了，所以并没有什么危险，依然享受到了机票打折的优惠。

（4）发现廉价航空

对于现在的驴友来说，很多人都已经学会了坐廉价航空公司的飞机，也有很多人在网上抢到1元甚至免费的机票。但是在六七年前，国外的航空公司还没有进入中国内地，不为我们内地的驴友认识的时候，四张国际机票一共才花1 700多人民币，这样的价格在那时是相当便宜的。

看看当时在马来西亚驴友的介绍下，我完成了澳门飞吉隆坡再飞东马来西亚美里的双程机票预订之后写的一篇博客，字里行间渗透着我当时的兴奋与得意。

四程国际机票，机票钱折合成人民币是1 700多元。3月27日机票打出来

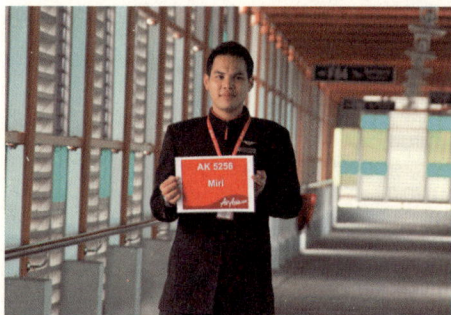

坐马来西亚亚洲航空的廉价航班去美里

了，文莱、西马来西亚、东马美里、澳门，这四地的旅游，中途还有免费的外国驴友交换住宿，这注定又是一次廉价的出国旅行。

这次设计的行程一共是十天，31号晚上出发，9号回来。由于多年行走，东南亚没有去过的国家已经越来越少，十多天前突然想去文莱这个石油小富国看看，于是开始在马来西亚亚航、新加坡虎航、菲律宾宿务航空等廉价航空公司网站上浏览，最后选定了马来西亚亚洲航空公司的四程廉价机票。

4月1号澳门飞马来西亚首都吉隆坡，8号吉隆坡飞回澳门双程机票：1 362元澳门币（约1 100多人民币）

4月3号西马飞位于加里曼丹岛的东马旅游小城——美里市，7号再从美里飞回西马的吉隆坡，此往返行程机票只需332元马币（约600多元人民币）

为省下一半的机票钱，我没有选择直接从吉隆坡飞文莱，而是飞到美里市。因为美里属于马来西亚，是国内航班，但是美里紧靠文莱，其间我会从美里陆路进出文莱。

而我看中的还有，我又可以在美里旅游两天，这里有世界上最大的溶洞，据说连飞机都可以停进去，还有几个奇特的热带丛林少数民族部落。这些原始的民族风情也深深地吸引着我。

这次旅行我是一个人出发，但是在吉隆坡已经约到了几个华人驴

友，可以一起去文莱，还解决了在吉隆坡交换住房问题。

　　吉隆坡虽然已经去过两次了，这次仍然会补上以前遗漏的景点。另外澳门塔建好后，还没有去过，这次也要补上。既然经过4个海外的地方，花的旅费虽然不多，但玩的地方却一个也没有减少。

　　要说这次出国之旅，最贵的地方应该算文莱的签证了。要跑到北京签，花费700元。据说如果直飞文莱可以落地签，但是机票钱会多1 000多元，算起来，就算加700元签证费，还是省了一些钱。马来西亚的签证在广州签很便宜，签两次马来西亚入境签证共180元人民币。

　　第一次坐亚洲廉价航空公司的飞机尝到了低廉价格的甜头，之后就一发不可收了。在新西兰旅行，坐联航从奥克兰飞新西兰南岛的达尼丁只花了400多元人民币。

　　在意大利旅行时从威尼斯回罗马，如果坐火车车票折合人民币需要400多元，而我选择坐廉价航空公司的飞机，机票价格只需要折合人民币190元。

　　前年，我在英国看奥运会，结束后自己从伦敦飞往爱尔兰的首都都柏林，只花了机票钱25英镑，不到300元人民币。

　　现在经常出去旅行的驴友坐廉价航空已经不再陌生，而对于刚刚开始踏上旅途的"行者"来说，坐廉价航空公司的飞机还是一个学习的过程。因为虽然廉价航空公司的机票便宜，但是有很多规矩，与普通的航空公司不同。比如说，飞机上不提供免费的餐饮，座椅的间距窄小，坐起来没有那么舒服，等等。好在我们国内也有了自己的廉价航空公司，目前比较成熟的是春秋航空公司，这让很多还没有走出国门的驴友在国内也逐渐开始熟悉航空廉价出行这种独特的模式。我曾经看到春秋航空公司放出北

为香港吉尼佛摄影背包做形象代言人

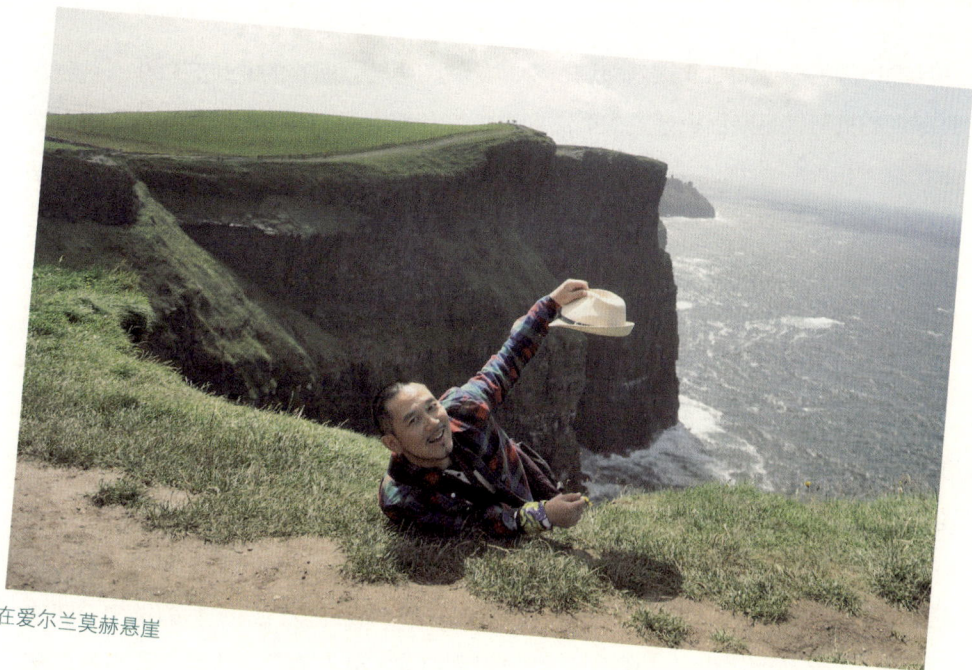

在爱尔兰莫赫悬崖

京飞石家庄或者上海飞石家庄只需要10块到20块钱的机票。

虽然廉价航空的机票便宜，但是乘坐起来可能没有传统航空公司那么舒服，但是对于一些资金不多又想旅游，或坐飞机出差的人来说，毕竟提供了一种可能。

（5）中转联程省钱法

在我的省机票钱方法中还有一个比较常用的方法：中转联程省钱法。中转联程分以下几种：

飞机火车中转联程：如北京飞广州，广州再转高速火车到香港的京港联程。

飞机轮船中转联程：如北京飞芬兰赫尔辛基，再转轮船到瑞典斯德哥尔摩的京瑞联程。

飞机飞机中转联程：这个是最容易操作的，也是用得最多的，通常我们称它为："中转联程机票"。

什么是中转联程机票？中转联程机票是指始发地到目的地之间经另一个或几个机场中转，含有两个（及以上）乘机联、使用两个（及以上）不同航班号的航班抵

达目的地的机票。如：北京到深圳，中间从杭州中转。购买的北京到杭州、杭州再到深圳的机票就是联程机票。假如需要去杭州和深圳两个城市旅游，那么您可以选择北京—杭州—深圳的中转联程机票，价格会非常实惠。但是要注意中转停留站的停留时间，要事先选择而不能更改。由于中转联程的价格比正常直达票价低很多，所以是自费旅行的首选。

中转省钱操作实例：

① 广州飞北京，我怎样省去1 000元

2009年9月10号，我接到中国互联网协会和首届中国网民节组委会的电话，说我的博客"行走40国"获得了首届中国博客大赛"中国十佳博客"大奖，让我近日速赴北京去参加9月14号在中央电视塔举办的首届中国网民节开幕盛典的颁奖仪式。

通常旅行都是提前很多天预订打折机票。但是这次从广州飞北京来得太急，那时还没怎么习惯使用"去哪儿"网，我博客右下方有许多机票网站的链接，我查了好多个，这几天广州飞北京的机票多数都要1 700元左右。看来直飞北京是低不了1 700元了，我转而想到飞石家庄或天津，再转火车，这样我还可以多玩一个城市。我在博客链接的机票公司中反复比较，终于查到11号广州飞天津的早班机只要700元。而天津到北京不是开通了高速火车吗？不到半小时一班，28分钟就到北京南站了，跟首都机场到市区时间差不多。另外，我已经10多年没有去过天津了，顺便旅游一下这座久违的城市。我到天津后当天下午和晚上去古文化街旅游和吃天津小吃，晚上我没有住价钱比较贵的酒店，而是到网上查到的水疗中心过夜，50元包吃住和洗浴。12号上午游天津五大道和"可以吃的博物馆"——马连良故居疙瘩楼。中午坐动车去北京。休息一天，14

中国网民走向南极

号一早参加颁奖。

这次北京—天津之行既节省了1 000元机票钱，而且旅游领奖两不误。

② 北京飞广州，我怎样省去500元

仍然以这次北京之行为例。本来预计领奖三天后即返广州，但是由于北京多家媒体和出版社关于我靠省钱行走56个国家（截止2009年的数据）和地区的直播和约访打乱了我原有的计划。推迟到18号才返广州，又是临时订票，北京到广州的机票最便宜的也只剩下1 500元的了，而我原有的计划是不超过1 000元。

这次决定用中转机票来解决，网查和电话咨询，有上海、武汉、南昌、南京、

台湾台东仙岛

太平洋小岛国——萨摩亚

杭州，甚至向西飞的西安再转飞广州的，价格多在800～1000元。可以节省500元，但是多数在中转地要等3～6小时，甚至一夜。我认为中转最好选择中间等待时间不超过3小时的航空公司，否则就选自己没有去过的城市，停留时间在12小时以上，这样可以顺便出去旅游一下这座城市。

在行走国内中东部省份的旅行中，安徽对我来说是一个空白。于是决定借这次北京之行补上，在东方航空公司的航线中，我终于查到北京—合肥—广州的中转飞机，我选择了18号下午飞合肥，19号下午再飞北京的航线。全程价格905元，比直飞广州省近600元。

我18点到合肥之后，晚上逛步行街和品尝当地小吃，22点后找到一家宾馆。在讲价格时，服务员告诉我如果想省钱，可以住楼上桑拿中心的小单间，桑拿20元，单间住宿20元。第二天一早，我游览了合肥市的逍遥津公园、李鸿章故居、清风阁

和包公墓园，下午两点接着东方航空公司的
航线飞广州。全程除去住宿40元和旅游的费
用，仍然节省500元，而且交通、旅游两不误。

③ 最省钱的中转：广州飞孟加拉国，我
节省了3 600元

去孟加拉国是最先在网上发现有马来西亚
吉隆坡飞达卡（孟加拉国首都）的机票只需要
190马币，也就是380元人民币。而我在亚航的
廉价机票网站上又订到了从广州飞吉隆坡500元

在香港发现老字号四季煲仔饭才19港币

样，我从广州去孟加拉国的机票钱就是890元，还可以在吉隆坡看望我的驴友。而
我咨询了香港飞孟加拉国的机票最便宜的也要4 500元。还没有计算广州到香港的
75元火车票及35元的轻轨票钱。所以这次在吉隆坡的中转，至少省下了3 600元，
够我再买一程机票了。

如何购买中转联程票

如果是中转联程机票，现在的旅游网站都可以提供预订，关键是你要先在网上
对比直飞和中转相差的价格，再选择最省钱又最适合你的中转城市。

如果是中转联程不同的交通工具，可以找旅行社代办，也可在网上查询两个不
同的网站，再分别衔接。对于中转相接频密的城际火车，如：京津线、穗港线、广深线、沪杭线则无需提前预订。

适合用中转联程从北京出发的旅游线路

国内飞机联程：

北京—重庆—拉萨

北京—昆明—丽江

美国新奥尔良橡树庄园

北京—广州—三亚

北京—郑州—成都

北京—西安—西藏（比北京—成都—西藏便宜一半）

北京—杭州—宜昌

国外飞机联程：

北京—吉隆坡—迪拜

北京—温哥华—多伦多

北京—东京—夏威夷

北京—法兰克福—圣保罗

北京—迪拜—约翰内斯堡

飞机转火车联程：

北京—广州—深圳

北京—丹东—平壤

行走在罗马尼亚

地处非洲的法属留尼汪岛

北京—巴黎—西欧各国

飞机转轮船联程：

北京—厦门—金门

北京—重庆—宜昌

北京—香港—越南

北京—哥本哈根—哥德堡

北京—赫尔辛基—斯德哥尔摩

（注：考虑到时间变化，以上例子不代表你阅读本书时线路和价格仍然有效）

以上这些中转联程的旅游方式，不仅可以让你多旅游一个目的地，而且比直飞都便宜不少。当然根据季节和订票时间不同，折扣也不同，正常可以节省30% ~ 50%的费用。

使用中转联程注意事项

虽然"行走40国"的中转省钱方法不能完全复制，但是至少为你的节俭之旅提供了一种思路。当然中转可以省钱，也有一些弊端：

① 首先你的时间要充分一些。

② 你要比较和选择那些你没有去过或想再去的地方，把它作为转机城市。

坐廉价航班的飞机随身行李不能大过这个盒子

③ 机场税要多付一次，国内通常是一次50元。

④ 尽量少带行李，因为你要多取一次行李，当然实在要带，就要考虑寄存的费用，国内机场一般是每件一天30~50元人民币。

（6）怎样对比最便宜的廉价机票

当我们逐渐开始使用乘坐廉价航空飞机出去旅行的时候，只要用心，会发现各大洲都有很多不同的廉价航空公司。而即使是线路一样，但由于时间不同，机型不同，推广的力度不同，各个公司的机票价格也会相差很大。在你确定了旅游目的地之后，怎样寻找去目的地最便宜的廉价机票呢？以往我是直接进入已经熟悉的廉价航空公司网站，比如说，通常我使用最多的是亚洲航空公司的订票网站，但是用这样的方法往往会漏掉其他公司的更便宜的机票。所以，在多次旅行之后，我总结出了一种方法，也就是最方便的对比机票价格的方法，就是到我所选择的旅行目的地的机场网站上去遴选从我的城市或者我方便中转的城市到这个目的地的航班，把它们选择出来之后，再去对比当天不同时段的航班有多少，价格差别有多少，然后在价格低廉的航班中确定航班之后进入这个航

斯洛文尼亚

班的官方网站下单订票。因为首先进入的是目的地机场的网站，所以很多去往这个城市的航班都不会错过。因此，也是最具备一网打尽此地廉价航班的最有效的方法。

（7）省钱拼出租车

我是2000年开始出国旅行。刚刚开始出国旅行的时候，因为中国人还不可以自由行，所以早期跟了几次旅行团出国旅行。到2003年以后，东南亚的几个国家向中国游客开放了自由行，我便开始了真正意义上的独立旅行。现在我的旅行只要是自费的出行，我都会尽量选择乘坐公交车。但是2003年刚刚开始独立旅行的时候，在外语不懂、经验不足的情况下，为及时赶到目的地，也经常会选择坐出租车。而在租车的过程中，独立使用一部出租车对于我来讲是非常贵的，所以，为了省钱也逼出了拼车这种方法。

我最早的拼车是在清迈。当时跟我一起拼车的是一个西班牙的姑娘，她也是一个人旅行。那次拼车是从清迈的机场到市区，我们一起打了一辆嘟嘟车，那一次因为拼车，我们每人才花了折合不到10元人民币。从此我在旅行中只要是没有公交车，必须要独立租车的情况下，我都会尽量去找驴友们一起拼车。

2013年6月，我在跟奔驰合作的川藏朝圣自驾之旅抵达拉萨之后，一起自驾游的其他人都回了北京。我一个人留了下来，在拉萨开始了几天自助游。一个人去纳木错，租车很贵，于是我在一个叫老渔饭局的餐馆外找了一个小旅行社的人，让他帮我寻找拼车的驴友。后来我和四个陌生的驴友一起坐上了一个当雄县藏族人开的出租车，平均每个人花费150元。去纳木错有一天的时间，在途中由于人少，因此可以随时停下来看风景，既方便，大家

巴基斯坦的公车很花哨

又省去了直接包车的价格。所以，一个人旅行，如果是旅途中没有找到驴友，在去一些交通不方便的地方，我们可以到青年旅馆或者是驴友们经常出入的餐馆，通过贴纸条的方式或者是发微博来寻找其他同行有同样需求的拼车旅伴。

（8）自驾游租车咋省钱

在我现在的旅行中，除了徒步旅行、坐车旅行，还有另一种我比较喜欢的旅行方式是自驾游旅行。这几年我先后完成了欧洲的意大利、瑞士、奥地利、德国、法国、摩纳哥等七国的自驾之旅，新西兰

瑞士自驾游

行走40国被选为奥迪Q3自驾游宣传片《穿越中国自驾之旅》的自驾体验者。

在西藏给旅游卫视主持《凯迪拉克，我们在路上》自驾游节目

留尼汪岛火山

南岛自驾之旅，中国东部海岸线自驾之旅、川藏线自驾之旅、滇藏线自驾之旅和青藏线自驾之旅。

在意大利租车，如果是租菲亚特，折合人民币500元左右一天，但是租奔驰，折合人民币大概要900左右一天。

记得2010年我在意大利旅行的时候，完成了意大利从南到北的旅行，开始进入瑞士的时候，我选用了自驾这种方式。当时为了旅途中少出现汽车故障，还是决定选个好一点的车来租，于是选了奔驰。但是，900多块钱一天还是太贵了，最后我是和一位新西兰的华人朋友，还有一位广州的驴友一起从意大利出发去瑞士和奥地利，一起去完成这次自驾之旅。

三个人的组合是最棒的组合，不仅从经费上来分摊，每个人只要折合300多块钱人民币，而且一个人开车，另外一个人在副驾驶的座位上陪他聊天，第三个人可以在后排椅子上躺下来休息或睡觉，如果是四个人租车就会显得太拥挤了。毕竟在后排的椅子上，我们还带了一些生活用品，买了一些超市里的面

包、胡萝卜、番茄、青瓜等食物，以防在旅途中找不到饭馆时补充食品。

多亏首次欧洲自驾之旅其中有新西兰"海龟"毛波先生参与，才让我们的旅行变得安全顺畅。因为欧洲的交通规则跟我们中国内地有很大不同，在毛先生的指导下，我和广州的余茜女士很快适应了欧洲的一些驾车习惯。所以，如果想租车旅行，除了要寻找合适的拼车对象帮你节省路费之外，最好其中有一位是懂得所在国的驾驶规矩、交通规则的驴友，这样你的旅行会变得更加安全。

（9）最便宜的交通工具是公交

在我的旅行中，城市部分的旅行我最喜欢的还是坐公交车。不仅是因为公交车比较便宜，而且坐公交车是最好的接近当地人、认识当地人和了解当地人的方法。我在很多国家坐过各种各样的公交车，每个国家的公交乘坐方法都会有一些小小的不同。坐公交车首先你要学会这个国家的买票方式。通常公交车上面的买票机所印的一些购买车票的方法多数都印着当地的文字，这些文字多数是看不懂的。所以，在坐车的时候，我通常上车后先不买票，看其他当地人怎样去使用这个机器，然后再跟着他学习买票。如果更复杂的话，我无法操作，我就会把我的钱交给旁边的人，让当地人来帮我买票。

斯洛文尼亚的布赖特森林火车站

路上结识的斯洛文尼亚旅客

2012年，我在英国完成了观看奥运的旅行之后，安排了一次六个欧洲国家的独立行走。其中在冰岛坐公交车的时候，曾经遇到过一次让我非常崩溃的经历。我在拉脱维亚旅行还没进入冰岛以前，有从冰岛来到拉脱维亚的中国游客得知我要去冰岛，他告诉我，你千万不要在冰岛打车，因为我们试过从市区打车到机场，居然收了我们折合人民币

1000多元钱的打车费。所以，我抵达冰岛的时候，发现已经午夜了，公交车和机场巴士已经结束了，我决定在冰岛机场的长椅上坐一夜。第二天早上6点多钟，我开始坐机场巴士去市区，即使是坐机场巴士，买了来回的巴士票，也要折合人民币近200元钱。所以，在冰岛之后的旅行，我除了坐巴士，就是坐巴士。

　　那天我花人民币1000多元钱报了去黄金圈看瀑布的旅游团，旅游团答应我中午12点半派人来我所住的青年旅馆接我去旅行。而那天上午还有半天的空闲时间，我决定去首都雷克雅未克郊外的珍珠楼旅行，因为珍珠楼所处的位置是在当地较高的一座山上，那里可以俯瞰整个首都全景。上午10点钟左右我找到去往珍珠楼的巴士，买了票坐了上去，冰岛的公交跟其他地方的不同之处在于你买的这张票可以免费坐回程车，上面有巴士回程的时间。当时我看了一下，回程的时间是11点50分，在珍珠楼附近的车站可以等返程巴士。所以，那个时间如果我赶回同一个巴士站，是可以坐上回程的车的。从我乘坐的巴士站到珍珠楼，事实上只需要20分钟就到了，本身雷克雅未克这个城市也不大，按这样的计算，12点15分前我会回到我所住的旅店，

与众不同的雷克雅未克大教堂

乘上我要去旅行的巴士。

可是当我到达珍珠楼以后，发现车站是在一个荒无人烟的高速公路旁边，我穿过高速公路，对面是一条非常幽静的山路，我一路在幽静的山路上往前走，穿过了大片林地才看到了珍珠楼这座建筑。等我拍完了珍珠楼，在11点40多分的时候下山到车站等11点50的巴士，结果到了车站以后，我发现都11点50分了，巴士竟然没来。这时候我有点紧张了。因为12点半我必须赶回我

冰岛等车

所住的青年旅馆，毕竟我交了1 000多元钱人民币的瀑布旅游费用。如果我赶不上这班车，这次巴士旅游的钱是退不回来的，我也不会有更多的时间去安排这次瀑布旅行。

在我焦急的等待中，12点到了，我所等待的回程巴士仍然没有来。我这时候更着急了，我心里在暗暗地想，通常我们认为欧洲人是非常守时的，但是想不到冰岛的巴士是这么不靠谱。我耐着性子等到了12点10分，返程的公交仍然没有过来。这时冷清的高速公路上只有一些小车呼啸而过，我不能再等下去了，我决定哪怕的士再贵，我也要打的士赶快离开郊外回到城内。可是这段冷清的郊外高速公路上根本就没有的士出现，我又等了5分钟，到12点15分还是没有的士出现。又等了两分钟，终于看到一辆的士出现了，我赶忙到路上去拦截，可是这个的士没有停，车上

也没有乘客。后来我猜想，欧洲很多的士在高速路上是不会停的，必须要到固定的的士打车站它才会停。

不行，我必须离开这段高速公路，去到慢速路的区域拦截其他的车或者打车。于是我一个人在高速公路上向城市的方向奔跑。跑了几分钟之后，到了一个十字路口，这里有红绿灯。我想只

夜晚冷清的冰岛首都街道

要有红绿灯，总会有车停下来，在有车停下来的时候，说不定就能截到我想要乘坐的士子。可是在红绿灯的位置，我等了一会儿还是没有出租车出现。我越发着急了，这时候还差十几分钟就到12点半了，我不能让我交的那1 000多元钱的巴士旅游费用付之东流，我也不想错过我的瀑布之旅。于是我想了一个办法，截私家车。

在十字路口，当红灯再次出现的时候，有一辆私家车停在了我面前，我顾不得面子冲上去就敲车门，可是我是连英文都不懂的人，在英文无法交流的情况下，我只好用动作来表示我的着急心情。里面的人有些惊恐，他望着窗外的我，我用手指着我的手表，然后又用手拍自己的胸口表达我的着急。车上一个年轻的小伙子把车窗打开了，我拿出我的地图，指着青年旅馆的位置，再指着手表12点半的位置，让他明白我非常着急，我要在12点半赶到地图上所在的位置，他能否搭我回市区。我拿出了身上的钱包向他挥一挥，他挥挥手表示不要，我又指地图上我所在的位置，这个位置是需要直行的，但是私家车的司机给我指了一个转弯的位置。我明白了，他的车跟我乘的车不是一个方向，这次截车失败了。绿灯亮了，车走了，我再次陷入了焦急的等待中。

当红灯再亮的时候，又有一部私家车停在了路口，私家车上是一个六十多岁的老大爷。我截在他的车前挡住他的去路，在车窗前再次重演我焦急的返程心态。这个时候离12点半只有七八分钟的时间了，我顾不得他听懂还是没有听懂，直接就拉开了他的车门，把地图递了上去，指着地图上的地址再次指着我的手表12点半的位置，嘴里说着两个字"的士"。老年人明白了我的意思，他再次用手指着右转弯

的方向，我明白了，这又是一趟要右转弯的车，而我要去的市区部分是直行的路。当我发现这辆车也是右转弯的时候，我看了一下，原来我所站的这条道是一个转弯的道，直行的车不会停在这里。但是，我的焦急是无法掩饰的，我不停地向他挥动着地图，向他说出"taxi"这个英文单词。我的固执举动终于打动了这位老人，老大爷最后说了一句"OK"，我当时心里一块石头终于落地了。于是我马上坐上他的车，我非常感激这位陌生的老大爷决定改变方向，专门送我进城。

当时我以为他会送我到我所在的旅店，但是我坐下来以后，他跟我说了一句"bus station"，我明白了，他是要先把我送到市区的巴士总站，然后他又说出了"taxi"。长期在国外旅行不懂英文，通过跟外国人交流几句简单的单词，我已经能够很快地猜出对方告诉我的内容，我想应该是在巴士总站可以打到的士。我匆匆忙忙地关上了门，绿灯亮了，老大爷一路飞车，几分钟以后，把我送到了巴士站。

雷克雅未克城市非常小，即使是城市最大的巴士站也没有多少乘客上下车。不过还算幸运，当他把我放下之后，就看到了一辆出租车开了过来，是一位胖胖的女司机。我焦急地向老大爷致谢，当我要表示给他钱的时候，他说"no money"（不要钱），我来不及说更多的感谢，就匆匆地坐上了胖司机的的士。这个时候我才有空看了一下表。天哪，已经12点半了，已经没有时间容我在12点半前赶回旅店。我再次指着手表12点半的位置向的士司机表达我焦急的心情。她很

明白，但是她做事很慢，让我慢慢地系上安全
带，她也系上了安全带，然后她开始启动车。
我发现她走了一条与我刚来雷克雅未克时所
走过的去青年旅馆的不同的路，我以为她走错
了，于是我焦急地把地图给她看，她也不理我，
对我做了个手势让我安静。我在想，本来时间就
不多了，如果你走错了路，我是无法赶上那辆接
我的巴士的。

　　记得刚来雷克雅未克的时候，我从巴士站下车，步行到我的旅店走了半个小
时，我想如果开车的话，怎么也要10分钟左右。可是想不到这位胖胖的女司机虽然
开车的速度不是很快，但是居然不到10分钟就开到了我所住的青年旅馆门前。这
时我才明白，原来她找到了一条比我原来走的更近的路。远远地看到面对海边我住
的那家青年旅馆，门前站了两个人，却没有巴士，我的心凉了。坏了，我错过了那
辆去瀑布区旅游的巴士。报名时，青年旅馆的人就跟我说，一定要准时等这辆车，
错过了这辆车是不可以补偿的。当时我就想，这个钱可能白花了，因为第二天要离
开冰岛，所以我的瀑布之旅要被迫取消了。可是走到门口，我看到那两个等车的人
旁边还放着一个包，我突然就想，难道那辆我们要等的巴士也晚点没有赶到吗？结
果我拿出我预订的票给这两个等车的人一看，他们向我点头，我那快冰凉了的心突
然又兴奋起来。原来接我的车也迟到了，这个时候我看到远处一辆大巴正向我们
开来。

3　我是如何省住房费的

（1）第一次交换旅游

　　出外旅行，除了机票钱，另一项支出较大的就是住宿费用了。通常住宿费用在旅行中会占到30%以上，如果机票钱和住宿费都能够想办法节省的话，那你的整个旅行支出费用会降低很多。

　　在我的旅行中最省住宿费的方法是我摸索并使用的交换旅游方法。交换旅游的方法与很多人都在使用的沙发客的方法还不完全一样，沙发客的旅行方法是在你选定要去某一个国家或某一个城市之后，去沙发客网站寻找那些并没有见过面的当地人为你提供免费住沙发的机会，因为大家素未谋面，成功率并不是特别高。而我在旅行中摸索出的这套交换旅游的方法，成功率却非常高，原因是我的这些免费的住处是在旅途中认识的驴友之间进行的。

　　第一次交换旅游是跟一个在泰国旅行时认识的马来西亚驴友之间进行的，当时我是跟广州的一个驴友一起去的，他跟我一样，也是一个特别会过日子的人，我们当时租了一个旅店的客房，这间房是可以住三个人的，我们住进去之后，还空了一张床。那天我们吃了早餐从旅店里走出来，对面来了一个

背着包的皮肤黑黑的年轻人。当时他向广州的这个驴友询问这个旅店还有房间吗，我的这个驴友当时跟他说，我们的房间多了一张床，你如果想住的话，可以住我们的房间，你只需要出三分之一的房钱就可以了。然后他征求了一下我的意见，我说当然可以了。于是，我们有了第一次拼住的经验。

　　之后的几天我们一起去旅行，慢慢对这个驴友有了一定的了解，他姓林，来自马来西亚的槟城，在马来西亚他是一个餐厅的经理。这次泰国之行他是刚刚结束了在东帝汶的工作，当时的东帝汶因为要跟印度尼西亚闹独立，还处于打仗的阶段，所以非常危险。但是他说，在那里管理一个餐厅，他的收入会比在马来西亚多两到三倍。而那次东帝汶之行，他的女友跟他分手了。他带着一颗破碎的心回到了马来西亚，于是来到泰国散心。而他现在所工作的槟城是我没有去过的城市，虽然吉隆坡已经去了几次。我突然想到，如果我去槟城旅行的话，能够得到他的帮助，那么

我可以在旅行中省去一些费用。

如果想求得别人的帮助，那么最好是先帮助别人，这样成功率相对比较高。于是，我问小林："你来过广州吗？"他说："没有。"我说："你来过中国吗？"他说："也没有。"随后他又说："如果去中国，我最想去的是

珠江边的广州地标——小蛮腰

北京还有桂林。"这时候我急忙告诉他："你是做餐饮的，你知道最好吃的、最丰富的中餐在哪个城市吗？"他说："当然知道，是在广州嘛。"于是我告诉他，如果你想吃最好的中餐，一定要来广州。如果有人给你提供免费的住房，甚至把自己的汽车也免费借给你使用的话，你愿意去这个地方旅行吗？他说有这么好的人吗？我告诉他，当然有了，愿意给你提供免费的住房、给你提供免费的用车，甚至你也可以在他家吃饭的这个人不是别人，正是我。他很开心地说，那太好了，广州我还没有去过呢，如果要到广州旅游，我就住你家了。我说没有问题。然后，我问了一句，既然我答应了以后给你提供免费的住房，如果我到你的城市，你也会提供同等的条件吗？他说，当然了。

在这之后，发生了东南亚海啸。我看电视新闻上说马来西亚的槟城也同样经历了海啸。当时我马上打了长途电话问小林槟城的情况怎样，他告诉我，槟城海边的一些房子有一些已经倒塌了，但是比起印尼还有泰国的普吉岛这一带来说，相对还是比较轻的。而这次东南亚海啸之后的一个月，我到网上去查飞往马来西亚的机票，发现机票非常便宜。我又打了电话给小林，问他如果春节我去槟城旅游，那里还会有危险吗？小林告诉我，槟城已经恢复了正常秩序，春节过来旅游

是可以的，如果你春节有时间，欢迎你
来我这里旅游，我会给你提供我的住
房。在这之后，我开始了第一次交换
旅游。

　　那次的马来西亚之旅我在网上买到
了1 400元钱去吉隆坡的往返机票，并
且同时还送一晚吉隆坡一家新酒店的住
宿。抵达吉隆坡之后，我在送的那家酒

马来西亚吉隆坡唐人街

店住了一晚，在第二天如果居住就必须交费的时候，我搬出了那间酒店，住进了唐
人街。在酒店附近的唐人街逛时，我看到街上有家庭旅馆的小广告，于是我踩着破
败的楼梯走了进去，到达二层，我看见一个老婆婆坐在楼梯口，老婆婆是讲广东话
的，我来自广东，可以用广东话跟她沟通。一问才知她的儿女都已经工作了，去了
其他的地方，家里空荡荡的，只剩下了阿婆自己，于是她把多余的房间拿出来租给
游客做旅店。小旅馆没有独立的卫生间，需要用公共厕所和淋浴间，房间虽然不
大，但是里面有床和电视，每一间所收的费用折合人民币仅45元钱。在旅馆里我
看到有白人背包客走进来，通常我们会认为欧洲人比我们有钱，但是，在这个华人
老婆婆开的家庭旅馆里，我发现欧洲的背包客比我们还节省。因为房间有两种，一
种是带空调的，一种是不带空调只有吊扇的。马来西亚的2、3月份非常的燥热，折
合45元钱人民币我已经觉得相当便宜了，比我想象的吉隆坡的住宿要便宜很
多，所以我选了有空调的45元钱的房间。而那位白人
背包客为了省10元钱人民币，他选
了30多元钱的没有空调只有吊扇的
房间。这一次住进吉隆坡唐人街让我
认识到，原来旅行只要你用心，是可
以找到很便宜的住宿的。

　　在吉隆坡停留了两天之后，我通过
这位华人老婆婆，向她了解了很多在马
来西亚旅行的注意事项，并且向她学到了

在美国南方路易斯安那州，与守护古老庄园的老奶奶合影

典型的南洋建筑

一些简单的马来西亚语，她也告诉我去往槟城在哪里坐车比较便宜。第三天，我坐巴士抵达槟城的时候，已经是晚上9点多钟。天黑了，小林开车来到巴士站接我去了他所住的地方。到他家之后，我才发现原来他并不是独立住在自己的房子里，他是和几个朋友合租了一套四房一厅。他有自己独立的房间，客厅很大，里面有可以睡人的沙发。这时候我才想起当初我要跟他交换旅游的时候，他并没有表现得特别的热情，原来他是跟别人合租一套公寓。我的第一次交换旅游就这样实现了，小林把自己的房间让了出来给我住，他自己睡在客厅的沙床上。

那次旅行让我记忆非常深刻。春节的时候，是小林所在的餐馆最繁忙的时候，他没有时间陪我，于是他让他的一个做老师的朋友开车带我去槟城海边玩，去槟城的庙宇游览。他的朋友正好是在放假阶段，所以，那次旅行我所花的费用非常少。槟城这个城市大多数都是华人，没有太多语言障碍，除了住没有花钱，交通上小林的朋友开车带我去玩，也省了一笔交通费。而唯一花钱的是吃，而在槟城有很多大排挡，吃一顿饭折合人民币只要十几元钱，所以这次旅行整个加起来机票和住宿只花了1 900元钱。

（2）穷得只能出国游

这次马来西亚旅行让我真正看到了原来春节出国旅行比我春节回家看亲戚还要便宜，1900多元钱在马来西亚玩了十天。如果这个春节我是在国内像往年一样去看望我的姐姐，从广州跨过长江，机票就要近2000元钱，再加上给亲戚朋友的压岁钱和探亲时的其他花销至少要四五千。

此后，我的每一个春节都开始在出国

旅行中度过。后来，我电视台的同事问我，怎么一到春节你就出国旅游？你也太有钱了。我当时告诉他，我的父母亲都不在了，春节的时候其实只能是去看姐姐，而姐姐有时候会去她的公公婆婆那里过年。所以对于我来说，在哪过年其实都是一样的，关键是我穷啊，我穷得只能出国游，我的同事们听后哈哈大笑。这时我给他们算一笔账，我的每一个同事春节回家的时候最少都要花四五千，而我们从广州到泰国或者马来西亚旅行，如果你找对了方法，两三千元钱是可以做到的。

（3）不是驴友也可以交换旅游

从发现和开始使用亚航的廉价机票出行之后，我去很多的东南亚国家都开始利用吉隆坡做中转，亚航把航线开到巴基斯坦我就去巴基斯坦旅游，开到孟加拉我就会去孟加拉旅游。多次出入吉隆坡，我需要找到一个愿意跟我交换旅游的吉隆坡的朋友。后来，经过国内一个驴友的介绍，我认识了吉隆坡的驴友阿平，之后的吉隆

泰国苏梅岛

坡之旅我都是住在他提供的免费住房里，也多次邀请他来广州旅游。

记得那次我从吉隆坡回到广州才十几天，我接到了阿平的电话，他告诉我他来广州了。我告诉他，我过来接你，可是当我在天河东站接到从香港赶过来的阿平的时候，我有点傻眼了，他带了四个朋友过来。我们提前有约定，他如果来广州，我会给他提供住处，可是四个朋友对于我来说，实在有点太多了。当时我的姐姐来广州已经住在我的家里，虽然是个三室一厅的房子，但是剩下的只有我住的一间主人房，还有一间只摆了一张单人床的很小的房间。可是交换旅行在驴友间不能食言，于是我把几位驴友全部带到我的家里，在我家吃、在我家住，姐姐每顿饭要多做很多份，我也开自己的车带他们去看风景。每到晚上，我房间的地板上、阳台上、客厅里都住着人。

我与阿平之间做了交换旅游，但是他带来的几个朋友因为之前没有跟我做过交换旅游，他们在我家白吃白住的时候，会有些不好意思，他们都是华人。于是他们对我说，我们怎样回报你呢？我平静地说如果我去吉隆坡，我一定还是会住在阿平那里。如果你们觉得过意不去，你们就把你们其他国家的朋友介绍给我，让我去你朋友的国家也能享受到免费的住宿。其中有一位叫戴维的告诉我，当然可以了，我在东南亚其他好几个国家都有不错的朋友，如果你需要的时候，我会把他们介绍给你。戴维在这次广州交换旅游中住的是我家里的那个单人小房间，算是在这次来的马来西亚驴友中住的级别最高的一位。

半年后，当我去巴基斯坦旅行的时候，他非常努力地促成了我在巴基斯坦的免费住宿。他打电话给他在旅途中交换过名片的叫作西拉希的巴基斯坦人，让那个人接待我们免费住宿。于是那次的巴基斯坦之行，我获得了全程的免费住宿，整个旅行不仅没有花住店的钱，吃饭的钱也没有花。巴基斯坦人对中国人非常友好，西拉希全程提供餐饮，我非常过意不去。他说你不用过意不去，我到中国旅行的时候，你只要给我这些方便就可以了。之后在去文莱旅行的时候，又有这次居住在我家的驴友提供了文莱亲戚的交换旅游住宿，所以我的文莱之旅又是没有花住房钱的一次旅行。

　　一年以后，我到新西兰旅游，通过另外一个驴友的介绍，我住进了惠灵顿的一个华人家庭。可是到了惠灵顿之后才发现他的家庭离市中心非常远，住在山上，旅行不是很方便，但是我们在他家吃饭的时候，他的女婿告诉我们他住在市中心，他房间的对面有一间小房间，平时里面放杂物，但是里面有一张床，如果不介意可以住在那里。于是这次的新西兰之旅，又让我省去了住宿的费用。新西兰是个消费较高的国家，而这次的免费住宿对于我节省旅行经费来讲是非常重要的。

　　也许读者们会问，你的交换旅行成功的原因是在相识的驴友间进行，而我们没有这么多机会在路上认识来自不同国家的驴友，我们怎样去跟这些驴友做交换旅游呢？事实上，我所使用的方法只是给大家提供一种范例，并不能完全复制，但是，它会开拓一种思路，让你在传统的省钱方法中找到一种新的模式，比如说虽然你没有很多时间去国外旅行，但是你即使是在家门口，也会有认识外国驴友的机会。比如说你在北京，去故宫、去颐和园、去三里屯，你都会看到来自世界各地的驴友，找一个机会认识他们并不难。比如说在驴友集中出没的景点，有人向你问路的时候，你不止是给他指一个方向，而是把他带到他要去的地方。在这个带路的过程中，你有了跟他交流的机会，在交流的过程中你可以提前为他提供更多的方便，比如说你可以邀请他到你的家里来看一看，了解一下中国人的生

在新西兰南岛达尼丁，海狮上来迎接我

活状态。而在这种深入的了解中，你也可以把你家多余的房间让出来让他去住。

可能你会问，这样做会不会很不安全？但是你反过来想一下，一个背着大大的旅行包，从遥远的地方来到异国旅行的人，他是不可能跑这么远来偷你的东西的，而一个想偷东西的人也不可能买上一大堆的装备扮成一个背包客出现在你的面前。礼尚往来，如果他住了你的房子，那么你再到他的国家他也同样会给你提供免费的住房，一般情况下，他是不好意思拒绝的。所以，关于如何去认识与你交换旅游的人，只要你去动脑筋，总会想到办法的，不一定是要在旅途中才能够认识。

（4）帮我省钱的青年旅社

在旅行中除了免费交换旅游之外，另外一个帮我省钱的方式就是住青年旅馆了。你可能想象不到，青年旅馆在欧洲即使是消费特别高的国家，如果你仔细去寻找，也能够找到二十几美金，也就是折合人民币120多元钱一晚的住房。

去年7月份，伦敦希尔顿酒店邀请我去伦敦看奥运会，这次的奥运之旅结束之后，我自己从伦敦出发，做了一个欧洲省钱旅行的计划。计划用2 000美金（13 000元左右人民币）在欧洲的爱尔兰、波兰、拉脱维亚、爱沙尼亚、立陶宛、丹麦、冰岛玩一个月的时间，这里面包括了吃住行购。因为在冰岛，所有的消费都比我想象的贵了很多。所以，事实上这次的欧洲六国之旅一共花的费用是16 000元人民币，其中5 000多元钱是八张国际机票的费用，就算是这样，我每天所花的旅费控制在200元人民币，这也是相当便宜的。其中住店的价格是平均120元人民币一

为省钱在苏格兰爱丁堡住进这个教堂

澳洲悉尼

晚，这其中最大的妙处就是全程住青年旅馆。在找不到更便宜的青年旅馆时，我甚至还在英国苏格兰的爱丁堡住了比青年旅馆更便宜的教堂。即使是现在的旅行不需要这么省钱的时候，我也仍然喜欢去住青年旅馆。经常是一些外国的旅游局邀请我旅行，让我住大酒店，大酒店的住宿结束之后，我马上自己去订了青年

爱沙尼亚塔林青旅老板娘

旅馆，去住进我觉得更让我开心的青年旅馆，原因是在青年旅馆里，我可以认识到来自世界各地的驴友，在这里我能够获得比星级酒店更多的背包客资讯，能够找到志同道合的结伴旅行的朋友。

在我住过的世界各地的青年旅馆中，我最喜欢的有两家，一家是爱沙尼亚的青年旅馆。当时在网上订好之后，我从拉脱维亚飞到了这个国家，为了省交通费用，从机场坐巴士来到了市中心。我没有再坐巴士，从市中心拿着预订的青年旅馆打印出来的地址，指给当地人看，一路摸索找到了那家并不太好找的青年旅馆。

这家青年旅馆的门是玻璃的，刚到门口累得一身汗没有看清，玻璃上没有提示，一头撞在了玻璃上。在撞得我头痛的时候，我的面前出现了一位个子不高、瘦瘦的三十多岁的男人，他过来帮我拖行李，用英文问我是中国来的吧？这时候我才知道，他就是我要找的青年旅馆的主人。

进了房间以后，我才发现这家青午旅馆跟我以前住过的青年旅馆不太一样，它是一个两套的两室一厅打通改成的一个比较小的家庭公寓式青年旅馆。在客厅里有一个开放的厨房可以煮饭，而真正能够住人的房间只有四间，其中一间是这个男主人和女主人的房间，另外三间，每一间有六个上下铺可以居住，男女混居。女主人看起来比男主人年纪要大一些，接近40岁的样子。她走路弓着

塔林青旅的八人男女混居房

塔林青旅细心的小老板原来是英国人

腰，可以看出因为生病的原因，她的腰直不起来了。女主人在屋里做一些简单的房间清理工作，男主人则跑上跑下接每一个来住店的人，因为这个地方不是特别好找。

这次住店，男主人的细心给我留下了非常深的印象，从我进到房间他跟我对话的时候，他就发现我是一个不太懂英文的人。于是，他让我坐在沙发上，他拿来了首都塔林的地图，主动告诉我爱沙尼亚的塔林有哪些地方是必须要看的。他知道我可能听不太懂英文，于是，他用电脑谷歌把一些我听不懂的文字翻译成中文给我看。因为翻译起来比较慢，他会做出各种非常到位的手势让我理解他的意思。比如说他告诉我，在城市的某一个地方是拍全景比较好的地方，他就会指着地图上的位置，然后画出一个山的形状，然后指着山顶的位置，用手比着自己的眼睛，把手张开做出放射状的手势，让我知道这个位置是最好的拍城市景观的地方。当他想要告诉我，我应该去一座古老的俄罗斯教堂的时候，他会指着地图的位置画一条线，让我的旅行从他的家开始出发，先去哪儿，后到哪儿。到了教堂的位置，他会把双手合十，告诉我这个教堂是必去之处。在他画出的线路中，又告诉我哪里是吃饭最好的地方，怎样下台阶。他的所有手势都是经过他细心设计的，无论你是来自哪个国家的人，不需要语言的沟通，只看他的手势你就能明白他所给你介绍的去处。他甚至细心地告诉我，如果我想吃中餐的话，从他酒店的后门出去，往前走拐第几个弯有个超市，这个超市有中国的方便面以及其他的蔬菜和食品。这是我住过的青年旅馆里用动作来介绍他所在城市最到位的一位青年旅馆经营者。

我是一个喜欢在旅行中边走边学英文以外的几十句小语种的游客。第二天

当我向他学习爱沙尼亚语言，让他教我的时候，我发现他教了我十几句就教不下去了，我问他的太太，也同样只懂得十几句爱沙尼亚语言。这时候我有点奇怪了，他为什么对爱沙尼亚语言这样的不通？

拉脱维亚里加的青旅像一个大家庭

难道他不是爱沙尼亚人吗？这时候他吐了一个英文单词：England。我终于知道，这对夫妻是从英国来到爱沙尼亚的，他的妻子比他大几岁，妻子的身体不好，腰直不起来。但是，这个瘦弱的小丈夫非常疼爱自己的妻子，他们离开了双方的父母，独自来到爱沙尼亚租下了当地人的这座房子开了一家青年旅馆，整个过程中最忙最累的都是男主人。到了晚上我发现有很多来自其他国家的人住进了青年旅馆，几个房间很快就住满了。

　　另一家给我印象最深的青年旅馆是我在拉脱维亚居住的青年旅馆，它就在火车站斜对面，非常的好找。刚进到青年旅馆的时候，我还有点不习惯，推开门，我发现房间的客厅里坐满了人，大家都坐在地上，地上有几个软沙包，有人趴在沙包上，有人直接把电脑放在地上盘腿而坐，他们坐在地上说说笑笑。而这个青年旅馆的工作人员让我坐在地上，他是跪在地上拿着地图给我介绍这个城市值得去玩的地方。我以为那些说说笑笑的住店者都是认识的人，事实上他们都是独自来旅行的。这个旅馆让我最亲切的在于它的房间设计，从进门开始，所有的人坐在地上，一个个的软沙包让所有人都变得慵懒。不仅可以坐着聊天，甚至可以躺着聊天，很快陌生感和距离感就没有了。

　　拉脱维亚是一个盛产美女的国家，这个青年旅馆里两个轮流值班的姑娘都是身高在1.80米以上的高挑姑娘。每个人站着都像模特一样，刚开始我并没有把她们

当成是旅店的服务员。当我要自己煮方便面的时候，她们主动过来教我使用炉具，我以为她们也是住店的人，后来才知道她们原来是旅馆的工作人员。

在这家旅店里，我遇到了一个终于可以跟我对话的姑娘。她来自澳大利亚，晚上夜深人静，大家都进到相应的房间去休息的时候，她把我叫了出来，她说很开心见到中国人，因为她现在正在学习汉语，准备参加汉语的升级考试。她曾经在苏州待过一段时间，虽然用中文可以进行简单的沟通，但是中文的文字认知能力还是比较差。那天晚上从一点钟开始，她让我帮她看她要做的中文作业，看得我啼笑皆非，里面的填空题、造句题，很多都是倒着写的，有很多语病。我一道道地讲解，帮她改。她非常感激，她说白天在旅行，实在是没有时间来完成她的老师留给她的作业。那天晚上折腾到差不多三点多，我才把她那厚厚的一本作业"批改"完，并逐道给她解释为什么要用这样的句型来造句。

当我们做完了作业准备休息的时候，我听见我房间门口传来了微微的抽泣声，我看见一个姑娘坐在我的房间门前在低声哭泣，她又遮掩着嘴巴，怕她的哭泣声

把周围的人吵醒。我所住的这家青年旅馆在客厅周围分布着四间住房，我的住房有六张上下铺。我想起来了，在晚上十点多钟，这个姑娘和她的男朋友刚刚到达青年旅馆，他们是一对来自法国的情侣。法国小伙高高帅帅，法国姑娘个子不高，样子极为普通，戴着一副近视镜。记得当时服务员告诉他们房间里只有两张空床而且分布在不同的房间，并把男士领到我的房间，住在我对面床的上铺时，我曾经表示可以跟他们换床位，我去隔壁的房间居住，但是法国小伙一个劲向我摇手，表示不用不用，他们可以分开住。当晚上听到那个戴眼镜的法国姑娘没有在自己的房间睡觉而是在我门口抽泣的时候，我预感到他们之间可能有什么矛盾，于是我轻手轻脚地打开了门。房间里，大家都睡着了，漆黑一片，我听到有两个人细微说话的声音，从我对面床的上铺和对面床上铺旁边的上铺传过来，而我对面上铺住着那个法国帅小伙，他旁边的上铺是来自澳大利亚的另外一位姑娘。这时候我才意识到，原来法国帅小伙并没有睡觉，他正在和澳大利亚的姑娘头对头聊天。我终于明白了，怪不得他的女朋友不在自己的房间睡觉，而跑到我们的门口偷偷地抽泣，原来是她贴着门听到了她的男友在跟其他的女驴友聊天的声音。

在欧洲，很多的青年旅馆都是男女混居的，大家也习惯了这样一种居住方式。因为是多人同房，并不会让女性住进来有危险的感觉，大家全当这是火车卧铺吧。但是，这种因为在青年旅馆里床对床男女聊天而导致自己的恋人妒忌委屈的情况还是第一次见到。所以我再次向法国小伙表示需不需要换房间的时候，法国小伙再次表示不需要。

第二天早上吃饭的时候，我发现法国小伙和他那位戴眼镜的女友又和好如初，女孩子没有再表现出不开心的感觉。在拉脱维亚的市中心广场旅行的时候，我再次见到他们两个在拍照。第二天他们要离开拉脱维亚的时候，把他们没有用完的按日计算的到另一个城市的车票送给我，讲了一堆话。我明白了，这个票如果我去使用的话，还是有效的。

　　中国各个城市也会有很多的青年旅馆，但是更多的是男女分房居住。这也许是跟我们的国情和习惯有很大的关系。不过我更喜欢国外青年旅馆的氛围，大家彼此坦诚相见，在交往的过程中甚至忘记了性别的存在。

（5）露营哪里最安全

　　在旅行中还有一种省住宿的方法就是带上帐篷在旅途中露营。我本人在国外旅行的时候，使用这样的方法并不是太多。但是，我在国内旅行的时候却多次使用。

　　记得有一次我的湖北武汉粉丝群"梦走族"的驴友小万约我跟武汉的驴友一起去湖北西部的恩施大峡谷自驾旅行。那一次旅行有四辆车同行，每辆车上坐了三四个人，带着帐篷和食品，我们一路向西。

　　我十几年前去过恩施，给我印象最深的是道路极其险峻，从宜昌出发开车晚上才抵达，一路上山路弯弯，有很多路段是在悬崖之上。而山上的雾又特别大，能见度非常低，所以那次的恩施之旅让我惊心动魄，生怕汽车不小心翻进悬崖里去。

　　而这次的恩施大峡谷自驾之旅是在恩施刚刚修好了高速公路还没有完全通车的情况下去的，当时小万找了当地的公路部门给了我们高速公路试车的放行条，许多当年险峻的路段都已修好。我们一路顺利地抵达恩施市区。

　　从恩施出发，在向恩施大峡谷进发的时候，开始进入了相对狭窄的深山路段。那天我们在山区走了很久，计划在去往恩施大峡谷的半路的湖边草地上扎营。可是不巧，下午就下起了雨，我们在雨中穿行，天黑的时候还没有开到预

在湖北恩施山区露营

先计划的露营地，当时我有一种预感，

露营地可能无法使用了。因为下雨，草丛中布满了雨水，是很难扎营的。当时我建议，我们不如找一个好扎营的地方吧，他们说去哪呢？我说我们一路走，总会找到居民，如果能够遇到有人烟的地方，最好是在当地人家附近扎营，因为一路上我看到当地居民的门前都会有一片平整的水泥地，是用来晒粮食的。

　　小万他们问我，谁会让我们这么多车停在他们家的门口呢？我说这个问题我来解决。于是我们在雨中继续前行，在天黑之前，终于在半山腰上看到了两座白色的房子，我们把车开了过去，我们略过第一座房子，我选择第二个门口有一片相对比较大的水泥平台的住户家里。先把一辆车停在了他家门口的水泥地旁边，另外几部车，我让他们停在远处先不要过来。我开始施展我过往的经验，去跟这个农户打交道。我开始敲门，出来了一位妇女，我怕吓着她没有先说我们想要利用她家的门口来扎营，只是说口渴了，能否在你这儿借一点水。当时她看到只有我们一部车，于是说没有问题。我开始坐在她的家里喝水，在喝水的过程中，我把自己从广州带来的一个纸袋装的月饼递给了她。当天正好是中秋节，我说我是从广州来的，这是广州酒家非常有名的月饼，我们车上带了几盒，我们要去恩施大峡谷，路过这里，反正也吃不完，这盒月饼就送给你了。妇女很纯朴，她有些不好意思接受，后来她的丈夫从地里回来，我一再要求，他终于收下了礼物。他告诉我，他的孩子去广东打工了，家里只有老年人。这个时候天已经晚了，我问她这附近有没有餐馆？她说没有餐馆，我说我们比较饿，能否出钱给您，在你们这儿吃一顿农家饭？你们吃什么，我们就吃什么。当时这个妇女考虑了一下，最后还是同意了。我告诉她，

每个人出30元钱。同意之后，我才把后面几个车上的人叫了过来，告诉他们，我们四部车一共有十几个人，如果我们每个人都给你30块的话，应该有三百多元钱，希望你们能够为我们这些人提供一顿晚餐。

这位妇女的丈夫对我们并不排斥，他很热情地说，那这样吧，既然你们出了这么多钱，我去邻居那里买几只鸡回来，给你们做今天的晚餐。我说如果我们在附近扎营，能够住一晚上，加上早餐就更好了，他说没有问题。

这时候雨越下越大，我们的人和车集中过来。我开始提出了一个要求，希望他能够允许我们把我们帐篷扎在他们家门口的水泥平台上，他同意了。在雨中，我们的帐篷一个个扎起来了，从他们家的正门、侧门一直到猪圈门口，都扎上了帐篷。中秋夜，雨越下越大，我们在一起吃了一顿特别可口的饭菜，吃着我从广州带的月饼。这一对夫妻很开心地说，儿女们出去打工了，从来都是老两口自己过中秋节，想不到今天有这么多的人跟他们一起过。这时候我问他，能否把有些搭在水泥平台边上的帐篷移到他们家的厨房来，因为厨房很大，他同意了。最后的结果是，不仅我们的帐篷能进房间的进了房间，甚至我们有一些人睡在了他儿女的床上。在落雨

　　的深山，我们的帐篷搭进了不再潮湿又安全的地方。

　　其实这次旅行不仅解决了在雨中扎营难的问题，而且在旅途中跟当地人接触、交流、互相了解，本身就是我们旅行的一个重要的目的，也成为我们旅途中一段有趣的经历。

4

我是如何省吃饭钱的

（1）自己做饭

在旅行中，如果想吃点可口的饭菜，当然是自己做饭，不仅吃得习惯，而且也是最省钱的一种方法。记得在爱沙尼亚旅行的时候，住进青年旅馆，我就去超市买东西。国外很多超市里不仅能够买到东方人喜欢吃的大米、面条，最容易买的就是西红柿、鸡蛋和青瓜了。而在旅行中，我自己最常吃的是番茄炒蛋，西方人吃番茄更喜欢的是把一个番茄切成两半，放上奶酪来焗，或者是做成沙拉。在爱沙尼亚的旅馆，早上起来，同房的两个西班牙女孩在厨房里烤面包的时候，我则开始开火做我的番茄炒蛋和煎鸡蛋。西班牙女孩看着我做出的不一样的饭菜，她们似乎很想尝试一下它的味道，于是我就让她们来一起吃，她们吃了以后伸出大拇指表示非常不错。我想，当然了，你们西方的饭菜无非就那几种，沙拉、汉堡、烤面包，品种也太单一了。

在旅行中想要拉近与外国人的距离，偶尔自己下厨房做几道中国菜，也是一种非常不错的相互交流的方法。多数外国人都能够接受中餐，这也是许多中国的新移民来到国外以后，在不知道用什么来养活自己的时候所从事的最简单的一项职业。

（2）昂贵的冰岛餐

在冰岛旅行，我也很少去餐馆吃饭，不是因为我不喜欢冰岛的食物，实在是因为冰岛的餐饮太贵了，这是我去过的所有的国家里吃饭最贵的国家。以前去瑞士和挪威旅行的时候，我觉得那里的消费非常贵，到英国旅行，我仍然会觉得英国的消费水平也是非常高。可是当你到了冰岛以后，你才会发现，以前你所见识的那些昂贵的消费在冰岛是小巫见大巫。

去冰岛之前，我在想象这是一个连银行都破产的国家，消费不应该很贵，可是第一餐就吓了我一跳。那次半夜到达冰岛，在机场待了一晚上，还认识了一个学过中文的法国小伙，他在网上寻找到了沙发客，因为跟我聊得投机，被我"拐"到了我预订的青年旅馆，他也住进了我介绍的青年旅馆。我们放下东西开始去找餐厅，结果发现一个牛排套餐的价格折换成人民币要将近400元。我很少在旅行中吃这么贵的餐，于是决定拒绝吃这么贵的食物。凌晨六点我们两在大街上逛了很久才发现了一个24小时营业的超市，在超市里左比右比，买了最便宜的超市便当。超市收银员帮我们装好了这分量并不能让我们足够吃饱的盒饭，就是这样一盒不大的盒饭，它的价钱已经卖到了折合60多元人民币。

于是我不甘心，在冰岛后几天的旅行中，我全部是买鸡蛋来煮，几天后，我发现了超市有另一种可以帮我省吃饭钱的食品，就是三文鱼片。虽然在冰岛所有吃的东西都非常的贵，但是三文鱼片

在欧洲超市买鸡蛋自己做饭

却出奇的便宜。一袋装有两片薄薄的面包片大小的三文鱼片，卖的价格折合人民币25元钱，这已是相当便宜的了。之后，我坐巴士去外地旅行，路上坚持不点菜，而是带三文鱼片和面饼。把三文鱼片夹在面饼里吃，加上我每天晚上煮好的很多鸡蛋带在身边，这样一餐饭合人民币60元钱左右，至少这样是可以吃饱的。

青旅的欧洲人抢我做的中国饭

在我临离开冰岛那天，我终于发现了一家可以吃到热菜并且价格也不会超过60元人民币的餐馆，当时去冰岛的大教堂，路过一条繁华的街道，发现其中的一个店铺门口排了很多的背包客，走过去一看，原来是一个吃泰国面的餐馆，是几个泰国人在那里经营。一碗在泰国卖十几元钱的泰粉，在这里卖60元人民币左右，可相比当地吃一餐折合400多元人民币的套餐来讲，这已经是相当便宜的了。最后一天晚上，我在这里狠狠吃了两碗泰国粉，把我几天吃不饱的肚子实实在在地填饱了一回。

（3）后街原则

在各地旅行，总想把当地著名的美食吃遍，但是我发现很多游客容易找的步行街所卖的当地小吃并不便宜，而对于一个外地来的游客来讲，想找到地道又便宜的当地小吃又不是那么容易。因为走的地方多了，我就发现每个城市有一个共同特点，就是在你容易找的步行街附近的小巷子里多走几步路，总能找到卖相同食物的小店。这些小店设备简陋，甚至有些地方有点肮脏，但是因为房租便宜，同样的小吃会比主街上

塔林后街

便宜至少30%以上。因此，在之后的旅行中，我都会先去找主要的步行街，然后在它的周围去寻找这些小巷子，我把这种寻找便宜小吃的方法称之为"后街原则"。而"后街原则"在很多国家百试百灵。比如说在王府井，你通过周围的小巷子穿进去走到后面的胡同里，你不仅能够找到便宜的小吃，甚至可以找到100元左右的便宜旅馆。

在澳洲黄金海岸后街发现物美价廉的粤式美食

　　2013年3月，我去澳大利亚黄金海岸旅游，澳洲的消费是相对较高的，在黄金海岸的主街——冲浪者天堂附近，我按照"后街原则"找到了一家经营广东餐的小店，一餐吃下来只需要7~8澳币，也就是40多元人民币，味道非常好。现在我在国内旅行，也会用这样的方法去寻找那些地道又便宜的当地小吃，比如成都的"苍蝇馆子"就是按照我的"后街原则"寻找到的。

（4）拼吃

　　在旅行中我还发现了一种方法，可以省吃的钱，而且能够多吃几道菜，那就是拼吃。通常的话，我们一个人旅行在去餐馆点菜的时候只能点一道菜，如果要想多点菜，花了钱却吃不完。经常旅行之后，我的脸皮变厚了，学会了拼吃的方法，尤其是面对那些价格比较贵的食品。

　　2011年，我开始了自己的一次南极之旅，从南极回到陆地火地岛之后，大船靠岸。我有一天在火地岛旅游的时间，在火地岛中心乌斯怀亚市区旅行的时候，我看到一家店铺的玻璃窗里有一只巨大的螃蟹，我从来没有见过这么大的螃蟹，它像蜘蛛一样。后来问了一下当地人，用翻译机一翻译，知道这叫蜘蛛蟹，而且这种蜘蛛蟹是火地岛非常有名的一道美食。有人说到了火地岛不吃蜘蛛蟹等于没有来火地岛，我非

在阿根廷火地岛找到蜘蛛蟹餐馆

好大的蜘蛛蟹

在悉尼奶酪吧与当地华人姑娘拼吃奶酪餐

常想吃这个蜘蛛蟹，可是吃一只蜘蛛蟹要折合人民币1000多元钱，太贵了！我可吃不起，也吃不完。后来我想了一个办法，折回到港口，港口每天都有很多的油轮靠岸，人们上上下下，来自世界各地的都有。我找到了跟我坐同一班大船的一帮中国游客，我告诉他们，到火地岛不吃蜘蛛蟹等于没有来火地岛。我找到了一家吃蜘蛛蟹的地方，这些人问在什么地方？我告诉他们，我带你们去，如果大家愿意的话，我们可以一起去吃一只蜘蛛蟹，这样，每个人的费用花不了多少，而且每个人都能够尝到蜘蛛蟹。于是，我们七个人来到了我曾经去过的那家蜘蛛蟹餐馆，在那大家一起点了一只巨大的蜘蛛蟹，经服务员推荐，还配上了白葡萄酒。当我们把这只蜘蛛蟹吃完了结账的时候，每个人花的费用只有100多元人民币。

在其他地方旅行，我也曾经用同样的方式在餐馆跟不同的驴友拼吃。当然，如果怕别人觉得不卫生的话，我就会专门让人拿出一套刀叉来做公共用具。

（5）自己带水

在旅行中，每次出门我都会带上一瓶矿泉水，哪怕是过安检的时候，我把这瓶水喝掉，瓶子我也会留下来，因为一路上我都会用这个瓶子灌自己烧的水。你不要小瞧这小小的一瓶水，在中国卖也许只需要2元钱人民币，但是如果是在高消费的欧洲，一瓶水可以卖到15甚至20元人民币。本身烧过的水也是非常卫生的，所以，我在旅行过程中，除了带空瓶子，路上可以自己烧水用，我早期会带电热杯，后来带热得快。因为它在旅途中不仅为我们这些习惯了喝热水的中国人暖肠胃，而且在路上还可以用来煮方便面。

泰国苏梅岛

在旅行中除了带水，我现在每次出国的时候，都会带几袋方便面和压缩饼干。养成这个习惯源于2008年春节中国遇到的那场大家皆知的雪灾。我记得在那次雪灾中，我看到了一条新闻，两个外国人从广州坐巴士去湖南，在高速公路上正好遇到了雪灾，所有的车都停在了高速公路上，既下不来，也不能前行，天寒地冻。当时两个外国人带了信用卡，可是没有现金，而人们最需要的不是钱而是粮食。在荒郊野外，当地的村民拎着一壶热水，带着方便面跑到高速公路上去，每一袋方便面卖三十多元钱，可是这两个人除了信用卡没有现金，所以他们没办法去购买当地人卖的方便面。

那个时候我就在想，如果我在旅行的时候，也突然遇到这样的状况，车被困在了荒郊野外或者是沙漠里，在这样的情况下，你带再多的钱也不如带一点食物。在这一年的雪灾还没有结束的时候，我又开始了我的叙利亚、约旦等中东之旅。那次我带了很多盒压缩饼干还有方便面。在叙利亚，我从首都大马士革去"丝绸之路"帕尔米拉的路上要经过很长的一段沙漠地带，上午坐车出城的时候，一路堵车，真正抵达帕尔米拉已经是下午3点钟以后了。我们穿过沙漠地带的时候，一路上看不见任何居民，更找不到餐馆。车上的人非常饿，还好我的包里装了两盒压缩饼干，我把这两盒压缩饼干拿出来，每个人分了两片，薄薄的压缩饼干给车上的人提供了暂时的食粮。当时我在想，多亏出发之前我看了那条中国雪灾的新闻，因此，旅游时提前准备食物是非常必要的。

所以，你在旅行的时候，即使不带这些饼干，你也要带一些小食物，比如说中国的牛肉干或者巧克力，这些可以增加身体热量的食物，这样，即使在旅行的过程中遇到了一些不测，至少你还能够

集中了指南针、温度计、口哨的魔术棒

补充身体的能量。如果你嫌这些东西重，也可以带一些维生素，可以为我们的身体提供必要的营养。

（6）免费试吃

在旅行中其实饮食的费用并不是很多，但是如果能够精打细算，仍然能够给我们的旅行省下很多的经费。在澳门旅行的时候我发现了一种方法可以让你不用花钱就可以吃饱。澳门的大三巴牌坊门前有一条长长的街，这个街的两边全都是卖牛肉干、猪肉干还有杏仁饼等澳门特色食品的。澳门的商家做生意非常的大方，当你从这条街走过的时候，不绝于耳的是两边不停地招揽你停下来试吃的声音。在我们内地，一般商家给客人试吃都是用牙签扎上小小的一块，但是澳门的试吃通常是用剪刀剪一大块牛肉干、猪肉干或者是一半的杏仁饼给你吃。一路上如果你不吃，对方还会拉着你让你吃，所以当你走完这条街的时候，你的肚子已经吃饱了。

所以，在澳门旅行的时候，大家不应该错过试吃的机会。每一家的牛肉干味道大体相同，但是也会有小小的差别。不过别忘了，在试吃完之后，最好还是选上一两份你满意的，哪怕购买的是一小包，算是一种礼貌的回报吧，这也可以作为礼物送给你周围的亲戚朋友。

（7）起中国名换吃的

在国外旅行的时候，不仅要省钱，而且在省钱的过程中还要寻找一些乐趣。在我的旅行中，就曾经试过通过给外国人起中文名换免费的餐饮。记得那次是在斯里兰卡旅行的时候，出门忘了带钱包，等我吃完饭的时候，我才想起来。当时我非常的尴尬，饭店的经营者见我是一个中国人，非常热情。他问我叫什么名字，我把我自己的名字告诉他，当我问他叫什么名字的时候，他说了一长串，我根本记不住，我也很难叫得出来。于是，我就告诉他，我给你起个容易叫的名字吧，我给他起了一个中文名叫"阿福"，我用翻译机告诉他，"阿福"是很多中国人最传统的名字，这里面有祝福的意思，翻译给他看。当他看完翻译机上的英文翻译之后非常高兴，他让我手把手地把中文的"阿福"写给他看。他把它记下来，又反复地练，他太喜欢这个名字了。当我告诉他，我要回去拿钱包给他付钱的时候，他说不用了，你给我起的中文名就抵这顿饭菜吧。

　　这件事让我体会到在吃饭的时候，与当地人交往互动也是一个快乐的过程。起名字像一个游戏，让彼此之间通过名字了解不同的文化，所以，在之后的旅行中，我又用这样的方法换回了几次免费的餐饮。

5　我是如何省购物费的

很多游客难得出次国，总要带一点东西回国。我现在的旅行很少买纪念品，是因为买太多了，家里实在是放不下，而现在很多的纪念品都是中国制造。由于去的地方多，头几次出国买纪念品也花了不少钱，所以慢慢开始学会了不花钱拥有该国纪念品的方法。

（1）泥土纪念品

在我家的纪念品收藏中，有一组各种各样的胶卷盒，打开以后你会发现这里面藏的是不同颜色的沙土，每一盒的沙土上都放着一张纸条，纸条上写着不同国家的名字，这是我早期旅行的时候带回来的不花钱的异国记忆。它就好像一件非常特别的礼物，记录着那个国家的痕迹，每当打开一盒盒不同国家的沙土，就会闻到这个国家的味道。那个时候我们的旅行通常是带着传统的照相机，是要用胶卷的那种，每次拍完照片，胶卷盒都会随手丢掉。我后来发现用它来装当地的泥土，也是一种不错的想法，于是第一次来到阿联酋帆船酒店楼下的那片阿拉伯海滩时，

巴西里约热内卢面包山

我看到白白的细沙非常漂亮，就用拍完照片的胶卷盒装了一盒。它突然给了我一种灵感，我为什么要花那么多钱去买这个国家的纪念品呢？如果我把这个国家的泥土带回国，那不是更好的甚至带着这个国家"DNA"的纪念礼物吗？

于是一发而不可收拾，接下来在赞比亚、津巴布韦、埃及，我都带回了那里的泥土和细沙，这个习惯一直保持到数码相机出现。2007年我买了自己的第一部数码相机之后，就不再用胶卷盒装当地的泥土了。我开始改用酒店的沐浴露瓶和洗发水瓶装当地的沙土，这样的习惯保持了一段时间。后来在坐飞机的时候，有安检人员开始疑惑这个瓶子里装的是什么东西。而早年把胶卷盒装在背包里的时候安检人员并没有问这个问题。之后，当安检时有人问我沐浴露瓶里为什么要装着这些沙土带走的时候，我的回答让对方很疑惑，于是他们没收了其中的一瓶沙土，从此以后我停止了这种带沙土回国的习惯。

（2）以物换物

2002年，我第一次去非洲旅行，来到了埃及。在埃及烈日当空的金字塔下，有一个卖阿拉伯头巾的小伙子跟我打招呼，他指着我脚上穿的一双休闲鞋，一个劲地说"wonderful……"。那是一双我在广州买的设计有点特别的鞋子，银色鞋面上面有黑色的松紧带。当时这个小伙子就把自己的皮拖鞋脱下来，问我能不能跟他交

我终于来到埃及金字塔下

换，可是我想了想，在旅行过程中穿着拖鞋是非常不方便的，而且他拖鞋前面尖尖的像辣椒弯起来的部分，我实在是不喜欢，所以这个交换没有成功。

但是另外一次交换却成功了，我当时戴了一顶棒球帽，而在烈日炎炎的金字塔下，我非常想拥有一条当地人的阿拉伯头巾，头巾把脸包住看起来倒是晒不到，可是我一问价格，小伙子卖得很贵，折合人民币要七十多元钱。我表示鞋子不可以交换，如果你要我的帽子，我倒是可以跟你换一下。小伙子同意了，我的第一次换物成功了。

在这之后，我的旅行多了一项内容，就是每次出国之前，我都会去批发市场批发有中国特色的产品。最早是买清凉油，后来去买中国结，再之后我发现绸缎钱包也不错，很具有中国的特色，而世界上任何一个国家的人都不会拒绝跟金钱有关的东西。那个时候每次出国之前，如果从广州出发，我就会去一德路批发市场批发中国特色产品，一个在市面上能够卖到六七十元的绸缎钱包，如果在批发市场买5~10个的话，每个只需要不到10元钱人民币。每次从北京出发的时候，我会去秀水街批发一点具有中国特色的产品。

在国外旅行中，我自己将心比心，我想如果有一个外国人来中国旅游，他在问路的时候，我给他提供了一些帮助，他留下一个他们国家特色的纪念品的话，我一定会非常开心。所以，那个时候我在想，为什么很多白人在旅行的时候跟小朋友照相，或者获得了当地人的帮助之后，他们都会送上一块巧克力，但是巧克力吃完了，人们就把他忘记了，如果他带的是他们国家的一件纪念品的话，得到纪念品的人可能会记住他一辈子。每当看到这件纪念品，就会想起是那个外国人送给他的礼

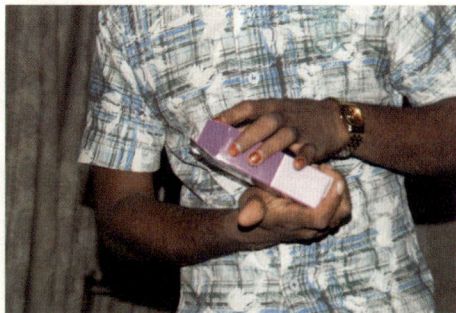

帮助过我的孟加拉母子拿到我送的礼物：中国钱包

芬兰桑拿屋主人对我送的魔术头巾爱不释手

物，我就想做这样一个外国人。所以，我每到一个国家得到了当地人的帮助或者和当地人合影之后，我都会送上一件小小的中国结。如果是看中了当地的一些纪念品，想要买而不想花钱的时候，我就会拿大一点的礼物，比如说手链、钱包，去尝试跟他们交换，而这种尝试多次成功。

之后我又发现购买的纪念品往往容易重复，当我把这些方法写在我的博客"行走40国"上之后，有很多粉丝效仿我的做法。我所带的中国结、绸缎钱包已变得不再新鲜，有什么样的东西是别人没有的呢？于是我开始发明我自己的礼物——魔术头巾。我把自己的旅行妙招印在了魔术头巾上，除了原有的魔术头巾的两三种戴法之外，我自己又发明和折叠出了很多种新的戴法。这个魔术头巾在旅途中以物换物非常的管用。

2010年我来到芬兰，当我要去图尔库寻找古老桑拿屋的时候，在那间桑拿屋的海边，我见到了一幅非常喜欢的油画。这幅油画不是画在普通的画板或画布上，而是画在一个弯曲的瓦片上。通常一幅油画是很难估价的，我跟主人提出我很喜欢这幅瓦片油画，我能否用我手上的魔术头巾跟他换这幅画？当时他表示他的画很贵，而我的魔术头巾太便宜了。我当时心想，他可能不了解我这个魔术头巾的功能，于是我告诉他，你稍等一下，我把魔术头巾打开，开始在我的头上表演。我的魔术头巾有15种佩戴方法，当我表演了六七种的时候，他已经发现了这件东西的神奇之处，于是他告诉我，不用继续表演下去了，我要你的魔术头巾。于是我用这条魔术头巾换回了这幅我特别喜欢的瓦片油画。

我用妙招魔术头巾成功换到这幅价值不菲的油画

在智利旅行的时候，我也是同样用自己带去的魔术头巾和中国结换了

一幅牛皮画，这也是我非常喜欢的。行走的地方多了，我也总结了一套送礼物的方法。一等的礼物就是独一无二的礼物，如果是自己设计或者制作的礼物，当然是别人买不到的，这也是最好的礼物。如果你不会像我这样设计魔术头巾，你可以用二等礼物来跟对方交换。二等礼物就是我们从国内带过去的、外

芬兰当地姑娘看到我用头巾换的油画，说：旅游还可以这样玩呀？开眼界了！

国没有的、中国独特的纪念品，比如中国结、绸缎钱包，还有手链等等。如果你出国的时候忘记了去购买这些二等礼物的话，你可以用三等礼物去跟他交换，三等礼物就是你在这个国家当地买的东西去跟人进行交换，但是请记住，你购买礼物的城市和你最后实施交换的城市不应该是同一个地方，因为同一个地方太容易买到这种礼物了。所以，你应该是从这个城市买的特产拿到另外一个城市去交换，这样差异性就出来了。

（3）在国外做自己的纪念品带回来

早期我出国旅行的时候，因为当年能够出国旅行的人很少，所以每次旅行回来都会给同事们买一些小小的礼物。同事们也非常开心，也非常期待我每次带回来的礼物。可是我从2000年开始出国，就保持着每个季度出国一次。而每次都要买礼物的话，我是支撑不起这个费用的，于是开始想怎样去带回不花钱的礼物。

2005年去阿根廷旅行的时候，在阿根廷的一个叫作白猫餐厅的地方，我看到餐厅周围有很

我把这片意大利翁布里亚森林的落叶带会中国做纪念品

多枫树，当地的园丁正在修剪这些枫树叶，而叶片落在地上，每一片红红的叶片都非常漂亮。我突发灵感，我可以把这些漂亮的枫叶带回去，把它做成书签，这不是最好的礼物吗？它仍然像我带的泥土一样，是有生命的，有生命的礼物应该比商店购买的礼物更能释放这个国家的气息。

可是我怎样证明这片枫叶是来自阿根廷的，而不是在中国随便一个地方捡到的呢？我突然想到了一个方法，于是，我在阿根廷这片铺满枫叶的地方捡起这片枫叶拍了一张照片，回到国内，把照片洗出来，再把它周围剪成不规则的形状，放在捡来的那片枫叶上，用塑料过塑，过塑完了以后，再把它按照枫叶的边缘剪成了枫叶的形状，它便成了中间嵌着我在这个地方举着这张枫叶照片的一个枫叶书签。之后我在美国的白宫也带回了白宫的枫叶，里面也夹了一张我在白宫拿着枫叶的照片。后来到了英国的白金汉宫，在白金汉宫门口也捡了很多枫叶，里面仍然有我举着枫叶的照片来证明这片枫叶是在这个著名的景点捡到的。

这样的礼物送给我的同事，他们都非常的喜欢，至今很多人还珍藏着当时我从

白宫带回来的枫叶书签，还有我从英国白金汉宫、阿根廷、巴西的里约热内卢和耶稣山带回来的各地的枫叶书签。所以，如果你是个有心人的话，不妨在旅行中也学一学我，开动脑筋，用自己勤劳的双手，采用你所去的国家的一些物资，制作一个让你的朋友们喜欢的礼物吧！

我来到巴西里约热内卢耶稣山

俯拍里约热内卢市容

极具创意的塔状里约热内卢大教堂掩映在都市高楼中

6 我是如何省上网费的

　　我现在的生活由两部分组成，一部分是旅行，另外一部分是在网络上写作。从2006年11月14日我开了"行走40国"新浪博客之后，我的旅行有了很大的变化，每次旅行后都会直播当天的旅行故事。而我的读者也形成了在我每次出行的时候，像看连续剧一样看我每日的旅行直播，他们跟我一样经历着旅行中的欢乐、痛苦，也为我旅行中所遇到的一些不顺而担心。因此在旅途中，上网把我每天旅行的情况告诉读者，就显得非常重要。

在萨摩亚住进一个简陋的家庭旅馆

　　大家都知道，在国外上网是非常贵的，很多落后的国家甚至找不到上网的地方。那么我在旅途中是怎样解决上网问题呢？通常在旅途中，我是不会花钱去上网的。我也曾经听说过有一位中国的驴友在俄罗斯旅行的时候，因为发了一篇图片微博而被扣掉3000多元上网和漫游费用的事情。我通常使用的方法是，寻找旅店的时候，一定要求有免费网络的。在白天没有网络，或者晚上找不到有网络的旅店时，我尽量会去咖啡厅或者是麦当劳、肯德基，去

寻找免费的网络。

（1）在巴基斯坦教当地人中文，换得免费上网

但是在有些国家，确实很难找到这样的地方。比如说2009年在巴基斯坦的卡拉奇，我就曾经为寻找有网络的地方而苦恼。当时进入巴基斯坦的时候，因巴基斯坦卡拉奇动乱，酒店很容易成袭击目标，而对于被迫寄居在郊外当地人家的我来说，上网成了难题。但只要用心，办法总比困难多。瞧，这就是我最后解决上网难题的妙招：到当地学校教当地人中文，既传播了中华文化，还换来了免费上网的机会，真是两全其美呀！

动乱时的巴基斯坦，当地的好心人收留我

白天，我们仍然行走在卡拉奇周围的乡下，尽量不到人多、危险的地方。到了晚上，就急于在自己的博客上完成直播的承诺，因为有很多关心我的博友，如果几天看不到我发的文章，就会非常担心我的安全。我当时寄居在希拉希家，周围都没有网络，附近也没有网吧，我曾经要求打的去卡拉奇市区找网吧，结果被劝了回来，男主人说作为一个外国人这是相当危险的事情。

后来我想了一个办法，晚饭后，我不提去城里了，我要去附近的学校。已经受不了郊区沉闷氛围的同行者戴维当然也开心，就在旁边帮腔。希拉希同意了，但是他不放心，必须由他陪同，我们来到了他儿子的小学。

这个学校是一个300平方米左右的四合小院，很简洁。第一间教室里只能摆九

动乱中，房东的女儿带我行走在巴基斯坦卡拉奇

巴基斯坦

张桌椅，有三个中学生在复习。第二间教室只有两个少女在学习。他们见到我的镜头还有些害羞。中间的大教室空着，而对面的一间教室传来老师讲课的声音。这是一个面对青少年的英文补习班，补习班利用小学的教室，每天晚上6点半到9点上课。希拉希带我来到校长办公室，见到了校长。校长得知我是中国来的，对我很热情。当我问到有没有网络时，他带我来到隔壁的一个小房间。

我看到这里有两个学生正在用电脑，我想上网的问题终于可以解决了。可是学生说，这里只有电脑，没有网络。我又来到人多的那个教室，其实也只有七八个学生，老师是一个二十多岁的年轻人。我寄希望于这里。我看到没有钱交学费的孩子就在门口听。

校长向老师介绍了来自马来西亚的戴维和来自中国的我。学生们都很惊讶，因为中国对于他们来说太遥远了，学校也是第一次来中国人，在他们心中，中国是巴基斯坦最好的朋友。老师也不讲课了，只顾问候我和戴维。而学生们则是争着与我这个中国大哥哥拍照，我们不想耽误学生的课程，让老师继续讲课。

我们也当了一回巴基斯坦的学生，有外国人在场，学生们回答问题也特别踊跃，老师的课也讲得津津有味。其中有个开始我以为是非洲后裔的小伙，他叫卡瑞，他的长相与其他巴基斯坦人不太一样，他在课堂上表现得最积极。在老师停下来的时候，我向老师提了一个要求，我说，这些对语言感兴趣的年轻人很少有机会去中国接触中国文化。既然我从中国来，能不能借用你的时间，我教这些孩子们一些简单的中文？老师说当然可以，学生们更是开心。

看来虽然我不懂外语，但是我可以教外语呀！

接下来，我开始施展自己的口才和沟通技巧，很快就教会了这些巴基斯坦年轻人说："你好""再见""我爱你""谢谢""和谐""友谊""吃饭"等中文词。最后，学生们挨个让我给他们签名。他们很喜欢我写出的"黑剑"这两个漂亮的方块字。最后外面看热闹的小朋友也进来让我签名。哈哈，真是明星待遇呀！

这时候，可以趁热打铁了。我对这些临时学生说，我遇到了困难，需要用网络解决，不知道你们当中有没有家里可以上网的。这时候，那个踊跃的学生卡瑞站起来说：我家里有！我特别开心，但是不能白用人家的网线，看他们学习的兴趣仍浓，我继续多教他们中文。

卡拉奇几乎每天晚上都停电，教室里看不见了，我们就把教中文的课堂搬到学校的小院里，戴维也在旁边给其中一些人补习英文。一直到晚上9点多，学校要关门了，大家才依依不舍地离开学校。最后，我让我的这些巴基斯坦学生用中文与我告别。我以为他们会说"再见"，但是他们却异口同声地说出"我爱你！"三个字，让我非常感动。

还没有来电，我和卡瑞去他们家认门。卡瑞告诉我，他虽然长得像非洲人，但是他是巴基斯坦人。祖上来自印度。他今年18岁，家里开养鸡场，他很小就已经开始每天在市场上卖鸡了。从他家到我寄居希拉希家走路需要20分钟，这个区的房子要好很多，路上也很洁净。是一个属于中产阶级的区域。卡瑞说他白天做生

行走在以色列

在法国普罗旺斯

意，晚上去学校补习英语。我问他补习费多少钱？他说，每月500卢比（50元人民币）。看来不贵。

我们回到村口的草坪等到当晚11点才来电。我抓紧时间来到卡瑞家。他住二楼，墙还是毛坯的。电脑是他花24000卢比（2400元人民币）装的。我用自己的随身电脑接上他的网线，然后更改IP地址，上网贴图、写文字。12点我终于写完了，准备点"发表"的时候，突然停电了，这一

停就是2个半小时。卡瑞和他的爸爸，还有两个哥哥过来陪我在月光下聊天，还做了我喜欢吃的炒饭。凌晨2点半来电后，我整理完文章的最后部分，终于在博客上发表了，3点才离开。

谢谢卡瑞，还有他的同学，因为卡瑞不知道我的住处，这个同学知道希拉希的家，他一直在这等我写完博客，然后与卡瑞顶着星光送我回去。希拉希和他的女儿法拉纳克斯则做了宵夜一直在等我，不过我真的吃不进去了，只想睡觉。谢谢这些帮助我的巴基斯坦朋友。之后我有了在卡拉奇郊区上网的地方，不过每次我一定都会抽出一段时间教卡瑞最喜欢的中文。因为卡瑞家里有网络，我没事的时候就会去卡瑞家上网。所以我旅游的信息才能在"行走40国"博客上顺利地发出去。

（2）我最喜欢的上网环境

大家可能不知道，在旅行的住宿中，我最喜欢的上网环境是青年旅馆和商务酒店。通常青年旅馆都会有无线Wi-Fi，所以我带的无论是电脑还是手机，都可以轻松地连接网络。而在我现在的旅行中，手机上网和电脑上网是必不可少的，我把单反相机拍的照片用电

来到纽约中央车站的餐馆

苏梅岛海边的康莱德酒店

脑上网发在博客里，而现在跟网友们沟通更多的则是用微博。为了第一时间发出我的所见所闻，我的微博都是用手机发出的。所以通常到了一个地方旅行，我都会用电脑和手机同时连接网络，而最方便的就算青年旅馆了。另外，较便宜的商务旅店无线Wi-Fi的环境也非常好，几乎每个房间都有；反倒是有一些五星级酒店，却感到上网不是特别方便。

我个人的旅行，自己花钱去住五星级酒店的情况非常少。而近些年，我的博客、微博有了一定的影响力，同时又常常在电视节目里讲旅行妙招。这些换来了各个国家旅游局、航空公司和五星级酒店对我的了解，纷纷邀请我去他们的国家旅行。同时，通过我的微博和电视的演讲，为他们做一些相应的宣传。而这些邀请里，几乎都会安排较好的住处。因此，住五星级酒店的舒服旅行也越来越多了。

记得第一次被旅游局邀请是在2009年12月。香港旅游局邀请我去香港写博客，当时安排的海逸酒店是一间非常奢华的酒店。但是当我发完了一篇博客以后，第二天接到一个账单，要我交100多元人民币的上网费。当时我很奇怪，既然邀请我来写旅行文章，为何安排的酒店还不包上网费？酒店的服务员说，五星级酒店的

上网费都是另外支付的，没有包含在房间的费用之内。所以现在去高级的酒店住宿和写作，上网有时候反倒还成为一个难题。

当然，一些国家的旅游局邀请我去写旅行文章，上网费是后期可以帮我支付的。但是这些高级酒店的传统，很多只提供一根网线，而一根网线只能支持一台电脑上网；另外手机上网，就需要花第二部上网的钱，所以一个房间只配一个。我如果用电脑来发博客，我就不能用我的手机来发微博、微信。如果我选用了这个号码用手机来上网的话，那么我的电脑发博客又需要另外付费了。

萨摩亚阿皮亚的原始部落

最近我在以色列旅行的时候，也面临了同样的问题。住进大酒店以后，酒店的前台给了我一个上网的密码，这个密码是无线的，但是只支持一部终端上网。所以相比起来，我还是更愿意住价钱低廉的青年旅馆和商务酒店。不过在一些国家，小旅店比较难找到免费的上网环境，比如说前不久我刚刚结束的萨摩亚之旅。

（3）萨摩亚，上网伤透了我的脑筋

最近这一两年，因为大多数近处的国家我都已经去过了，我开始把目光转向那些太平洋岛屿的偏僻小国。今年我去了一趟萨摩亚。在出发之前，对于这样一个偏僻的小国，我最担心的就是找不到上网的地方。于是我在网上订萨摩亚的旅店的时候，一直很关心这个旅店是否可以上网。本来萨摩亚这个国家就不为大多数人所知，在全球著名的酒店网站找到萨摩亚，发现只有三四家酒店可以预订，其中只有一家可以上网。这家酒

萨摩亚的民居和部分酒店的房间居然是四处漏风的亭子

店的价格是200多元人民币一晚，图片上看有一个游泳池，看起来还算不错。于是在网上订了这家酒店。

我一路辗转，从中国飞到澳大利亚，又从布里斯班坐了五个小时的飞机，飞到萨摩亚的首都阿皮亚之后已经是早上四点多钟，当时非常疲惫，想等公交车进城，可是这个国家没有公交车。这样持续等了很久，最后还是打车进城，去寻找这家酒店。结果发现这个酒店并不是在市区，而是在穿过首都阿皮亚郊外的山里。

等找到了以后，服务员带我看房间，我居然发现房间根本不是图片上的那样，而是一个简单的亭子，没有墙壁。我让阿超翻译问服务员，这个房间为什么没有墙壁？他说，这是我们民族的建筑。我说，晚上蚊虫叮咬怎么办？他说周围有竹帘可以放下来。

我对这个酒店非常不满意，但是当时又急于上网。我问这里可以上网吗？他说可以，要去酒店前台的那个房间。于是我拿出我的手机搜Wi-Fi信号，可是搜不到。他告诉我说，上网只能用我们的电脑，是有线的。我问他多少钱一个小时，他告诉了我价格，结果我算了一下，折合成人民币是36元一个小时。这实在是太贵了，房间也不是很满意，最后我离开了这家酒店。

这之后我找到了一个家庭公寓，房间仍然是200多元钱一间，没有空调，没有洗手间，房间连桌子都没有。后来我从隔壁搬了一张桌子，非常简陋，也不能上网。

在萨摩亚的几天，我必须要至少每天或两天更新一次我的博客或

者微博，让我的家人、粉丝了解我的情况，放心我的旅行。

后来在去寻找旅游目的地的时候，认识了一个胖胖的当地姑娘，她帮我介绍了后几天旅行的交通工具。当我提到有什么样的地方可以上网，至少不要太贵，不要像我之前所问到的，上一次网要六七美金的价格。她说我可以介绍一个地方，你可以去上网，收费也不贵。后来她说："晚上我来接你，到时候我还会请你去我家吃饭。"

我们约定了时间，晚上五点见面，但一直等到六点她才出现。于是我们一起出去，在路上我问她，上网的地方找到了吗？她跟我说，你不用去了，在我们这儿上网通常是没有专门的网吧，我所说的地方是一家咖啡馆，那家咖啡馆可以上网。但是咖啡馆每天只开两个小时，下午四点到六点，现在因为我来晚了，所以剩下的时间不多，我们去这家咖啡馆可能也要关门了，所以今天就不要再上网了。这时候我才发现，在萨摩亚这样的一个国家，上网居然这样艰难。

第二天，我回到住处，向房东提议你的旅店没有网络，现在是很难吸引客人的。像我们这样的世界各地的背包客来你这里住店，哪怕贵一点我们都不怕，但是你一定要给我们提供上网的环境，因为我们很多人的旅行在选旅店，决定下面的行程，都是需要网络来完成的。

这位有中国血统的房东听了我的诉求之后，她告诉我："这样吧，我把我丈夫办公室的私人电脑借给你用一会儿，不过这个上网也是收费的，12元钱一个小时。"那天晚上，我用她的私人电脑线插在我的电脑里上了3个小时网，可是这样的价格对于我来讲，还是太贵了。

后来第二天晚上，我再用她的网络的时候，我想到了一个办法。把我带去的无线Wi-Fi发射器接在了她的电脑线上，这样的话不仅我的电脑可以用来发博客，我的手机也可以通过接收Wi-Fi信号来发微博和微信，联络国内的朋友。

番薯和番薯叶是萨摩亚人的主食

之后我在旅行中遇到了一个来自福建，开杂货店的华人。我反复向她询问，你们在这个国家如果用QQ、微信跟国内的亲人联络，这么贵的上网费，你们能受得了吗？这个女士告诉我，她们有一种方法是可以省钱的，就是去买蓝天电信公司的电话卡，在电话卡里存一点钱，然后用这个卡是可以连接到无线网络上网的。因为当地上网的人不多，所以很多人买这个卡只是用电话的功能，很少人用上网的功能，所以在对公司造成的损失不大的情况下，这个电信公司还没有意识到在这上网是可以赚到很多上网费的。

在离开萨摩亚的前一天，我在首都以外的另外一个岛——莎娃伊岛，终于找到了这个电信公司的门店，最后只花了折合人民币15元钱就买了一张电话卡。卖卡的人告诉我，这个电话卡是一定要在里面存钱的，他帮我开通了这个卡，结果我一试用，用它的网络居然可以连上网。我说，我先买卡，到时候我再去便利店往里面存钱。事实上不用充电话费用，这个卡也能够连接到无线网络。后面我发的关于萨摩亚的微博，全部都是用这个15元钱的电话卡发出来的。

所以说在旅行中，关于上网的问题，如果你想寻找比正常的收费便宜的途径。想想办法，总还是可以通过各种方式解决的。

学习开椰子

（4）借用当地人的手机上网

在国内旅行，寻找你要去住的旅店，你要去消费的餐馆，打开我们的GPRS是一件非常容易的事。可是在国外，上网漫游费非常昂贵，如果用自己的手机随时来定位的话，有可能会花很多的漫游费。因此我在国外旅行的时候，是很少用自己的手机去寻找我的旅馆的。

记得2012年，在我的伦敦奥运之旅结束后，独立去了东欧，还有冰岛等一些国家，最后回到英国，在爱丁堡寻找我预订的教堂时，下起了暴雨。为省钱我没有打车，拖着行李在湿漉漉的街道上行走。可是当地的路是弧形的，走着走着你就找不到在哪个岔路口应该转弯。当时非常想开自己的GPRS去寻找那家教堂旅馆，可是又怕因此而花出很多的漫游费用。

最后我拿着打印出来的教堂旅馆地址的单子，在路口等着当地人出现。终于有一个打着伞的姑娘走了过来，我把这个地址给她看，她也搞不清楚是在哪一条街。最后我指她的手机，她明白了，她用手机打开了定位帮我寻找。找到之后，我用我自己的手机对着她的手机拍了一张照片，这样就把周围的路的名字都记了下来，也不用我自己花漫游的上网费用。

而对于当地人来讲，打开一下GPRS所费的流量是非常少的。所以在我现在的旅行中，每到一个城市，下了飞机，我做的第一件事，就是把自己提前订的旅店地址交给一个当地人，先以问路的名义与他搭讪。当他找不到的时候，我会指指他的手机，他们就会明

来到纽约郊外的古堡庄园

白，用他们当地的网络帮我定位，找出旅店的具体地址。你在旅行的过程中，不妨也学一学这种方法，这样会为你省下很多的漫游费。

后来在澳大利亚旅行的时候，有人告诉了我一种方法，用GPRS可以不费流量的，是在指南针的软件里去寻找。不过这个方法我到现在也用得不是很熟练。

非洲留尼汪岛的落日

7 省钱的尴尬事

旅行中有时候为了省钱，但结果是花了更多的钱，甚至影响了整个行程。所以在旅行过程中，一定要记住，每一个步骤都要细心安排。

我是一个做事有些粗心的人，所以在我的旅行中发生了很多次丢东西的事情。而很大一部分也是因为我的旅行必须保证每天用微博来直播我的行程。人往往在忙着干这件事的时候，在其他的方面就会出现疏忽。现在旅行更多的是在想着为驴友们摸索方法，寻找更快捷的旅行方式。所以在旅途中，脑袋一直在围绕着这个中心转。

最重要的电脑和打印机票、酒店预定单都丢了。当时在华沙的车上很无助

在波兰旅行的时候，我一个人在语言不通的情况下，学坐当地的公交车。他们的买票方式跟别的国家非常不同，在车上有个机器，上面标了一些我看不懂的文字，用这个机器投币来购买，买了票以后还要到司机的位置上去打卡。而买的票不是一张完整的票，而是要算坐多少站，并且是按时间和站数来收费的。如果你买了半小时内的票，你下的站是在半小时以外才到达，那么可能要罚款。

所以在买票的时候你要留意，你坐了多少站，每站的时间是几点到。在波兰这个国家很少堵车，

它的每个站都有抵达的时间，而且停的时间非常准时。越是这样，你越要算要去的这站需要多长时间到，来决定你买多少钱的票。

离开波兰去拉脱维亚那一天，我在青年旅馆里比比划划终于问明白了，我要坐的站数是19站。而同一条公交线路说有三个站都是机场，只是不同的航站楼而已。早上八点半，我在车站用手机拍下站牌的站名，为了防止下错车，我正在计算我所要下的站是第几站的时候，车来了，我匆匆忙忙地拖着行李就上了车。

在奇怪的购票机上折腾了一段时间后才把票买完，又到司机那儿打了卡，回到我的行李旁边坐下，这时候我开始寻找我拖箱外的另外一个小包。这次旅行，我在不去机场的时候会只拖着这一个行李箱，但是每次去机场坐飞机都会多出一个小布包，为什么呢？因为我这一路订的都是廉价航空公司的飞机，而这些廉价航空公司的飞机多数只能免费托运一件不能超过8公斤的行李。而我的欧洲之行是一个半月的时间，所有的行李加在一起绝对是超过8公斤的，而超出的部分需要另外买行李票，这个行李票的价格甚至超过了我机票的价格。

这次旅行，从伦敦飞往爱尔兰的时候，我订的廉航机票折合人民币是250元钱。而航空公司的工作人员发现我的行李超重以后，让我交了行李的罚款，费用居然是飞机票的一倍，50英镑（折合500元人民币）。从此，我在去机场办登记牌之前，就先把行李箱里最重的，也是最值钱的电脑、相机、充电器、移动硬盘拿出

来，放在一个小的布袋里单独拎着。到办登记牌的时候，把它放在远处目之所及的垃圾桶的旁边。等我办登记牌称完了行李之后，我再将这些东西随身带。

可是这次去波兰机场的巴士上，我发现这个最重要的小袋子不见了。我的心里咯噔一下，我的电脑、相机、充电器，尤其是那个装有我12年的图片和视频的移动硬盘，一个T的移动硬盘，那是多么珍贵的资料啊。当时我家里没有备份资料，之所以随身携带，是因为我在旅行的时候经常会收到国内报社、杂志社一些需要我图片的邮件，我可以在旅途中随时把他们想要的图片发给他们。

除了这些重要的电器，这个袋子里还装着我到机场后马上就要用的那一叠机票和酒店的预订单，因为随时要用，就把它放在了随手提着的手袋里。我因为不懂外语，在旅行的过程中，通常是把我熟知的订酒店和机票的网站发给周围英文好的人来帮我下单。

这次我发给了一个在德国的粉丝，由他帮我下单预订。之后我把它打出来拿在手上，即使不会拼酒店的名字，我拿给当地的人看，他们也会帮我指路，找到我要去的酒店或机场以及哪一个航站楼。此刻我连我要坐飞机的航站楼是第几个都不清楚，而欧洲有很多廉价航空公司，我只记得我要坐的这个廉价航空公司的名字是P字开头的，而我要飞往拉脱维亚的飞机还有两个多小时就要起飞了。

时间这么紧，我该怎么办？不行，必须找回它。这个时候我所坐的去往机场的巴士已经走过了第四个站，在车停下的时候，我拖着我的行李赶紧下了车。

这次的欧洲之行，我给自己的计划是13 000元，在6个国家走一个月。如果成功，我的微博粉丝和驴友就可以去复制这个省钱旅行的范例了。正是为了完成这个艰巨的省钱旅行任务，我一路没有花钱上网，没有打车，都是坐公交车。

　　而今天，当这些东西丢掉的时候，我被迫打了这次欧洲行中唯一的一次出租车。可是上了出租车，司机和我之间又无法用语言来沟通，他问我去哪儿，可我记不清那个车站的名字，我只能让他往回走。可是沿着路往前走到一个岔路口的时候，他问我往左还是往右，我也无法确定了。

　　那个时候时间很急，飞机又不能耽误，我只能靠运气，告诉他向左还是向右。一边走，一边看旁边的建筑。走了一会儿，我发现旁边的建筑我都没有见过，于是又让他掉头，回来转向另一个岔路口。还好，在这个岔路口开进去不远的时候，我看到了那个熟悉的站牌。可是靠在站牌柱子上的那个布袋已经不见了。

　　这时候是早上九点多，但街上还是空荡荡的，只有斜对面的一个咖啡馆门口有几个人坐在那里喝咖啡。我冲到那个咖啡馆，比划着一个袋子的形状，指着对面的公交站牌，问那里的工作人员，可是那些人都摇头。

　　没有希望了，后面的飞机又不能耽误，我只好自认倒霉，跑回了那个站牌前。时间紧，我想打车去机场，可是又讲不清我的航班是在第几个航站楼，最后被迫还是坐回了那个让我丢电脑、移动硬盘的那路公交车，因为我记得我是在第19站下车的。

　　到了车上，我也顾不得是否要花太多的电话费了。我用手里的电话拨通了帮我订票的德国粉丝的电话，我让他帮我向波兰的警方报警，并且希望他能够告诉

在立陶宛维尔纽斯机场寻找机场到市区的巴士

我，我即将到达的拉脱维亚住的是哪一间酒店，可是他也记不清。

在特别无助的情况下，我用手里的手机发了一条微博，我的老同事他们开始为我着急，帮我支招。

有的时候，人把心里的郁闷说出来会舒服很多。我开始变得冷静，即使现在丢了很重要的移动硬盘，丢了电脑，我后面的旅行还要继续，先到机场再说吧。

可是就在我打电话给德国粉丝的时候，我忘了数站牌。这个时候窗外经过的建筑居然有些像机场，我突然意识到我有可能会下错航站楼，而每个航站楼之间的距离又是比较远的。这时候我在决定我是要等下一站航站楼再下，还是马上下车，因为这路车要经过三个机场的航站楼。

巴士到了一个红绿灯路口的时候，我只好赌这两个航站楼之间，我向司机表明我着急赶飞机，司机让我在红绿灯的位置下来了。下来以后，在我的面前面临着向前走还是退回去看后面的航站楼，这个时候离飞机起飞只有不到一个半小时的时间了。

最后，我赌了回头走。一路跑回前面的机场航站

在波兰华沙火车站与新认识的德国小驴友们在一起

感谢这位波兰老大爷把拾到的我的电脑等物品交给警察局

楼，进去以后，寻找带P字头的航空公司的标志。最后发现，其中有一个地方前面排满了等待办登记牌的人，仔细想想，应该就是这个。

在排队的过程中，我希望能够找到一个华人，排解一下心中的苦闷，可是整个队伍都是白人。在我快排到的时候，终于有一对东方面孔的老年夫妻匆匆跑了过来，排在了旁边的队伍里，他们讲的像是上海话。我主动搭讪，问他们来自哪里，他们果然来自上海，是自己来旅游的。这是我在波兰几天的旅行中，第一次看到从国内来自由行的游客。

他们的队伍比我快，办完登机手续他们就走了。可是轮到我来办登机手续的时候，航空公司的工作人员看了我的护照，没有给我办登机牌，而让我把手提行李从输送带上拿下来。当时我不明白是怎么回事，工作人员向我说了一串英文，我只听懂了其中一个词，电脑。

我告诉他，我的电脑已经丢了，这个行李里没有电脑，可是这个小伙子还是不给我办登机牌，而是跟我说一些我听不大懂的文字。最后他把我带到了一个大柜台，那里有一个三十多岁的女士，她又向我讲了一大堆我并不懂的语言。当时我在想，我不会这么倒霉吧？丢了十多年的唯一的移动硬盘，又丢了电脑，结果好不容易赶到了机场，结果他们又不让我上飞机。

正在这个时候，之前的那一对上海老夫妻出现了，原来他们是办完了退税手续，又回来办登机牌。他们见我非常着急，于是过来给我当翻译。听了航空公司的人介绍，那位上海阿姨跟我说："唉，你是不是丢了电脑啊？航空公司的工作人员说，有人捡到了你丢的电脑，送到了警察局，警察局让他们把你

截下来，要求你马上回华沙市区办丢失物品的接收手续。"

我听到这个消息，第一个感觉就是：不会吧？这么快的速度，居然就找到了我丢失的重要物品，并且警察局能够通过航空公司来找到失主。突然我就想起来，对了，丢失的那个布袋里，有一叠我将要去的五个国家未使用的机票，还有酒店预订单。正是这些机票让警察局的人知道了，我正要去乘坐即将飞往拉脱维亚的飞机，所以他们才给航空公司打来电话，让我回去接收丢失的物品。

得知电脑等重要物品找到之后，我的第一个感觉就是，我太幸运了。我又让这一对夫妻帮我问一下，错过了去往拉脱维亚的飞机，今天还有其他的航班吗？

航空公司的人告诉我，没有了，你只能改明天或者后天的票，而我订的是廉价航空公司非常便宜的机票是不能改签的，并且即使重新买票，后面的行程也都被打乱了。在左右为难的时候，我又多问了一句，能否让航空公司的人问一下警察局，

麻烦他们把我丢失的东西送到机场来？结果我得到了一个让我非常兴奋的答案，航空公司的人在打过电话之后告诉我，警察局马上就会派人送过来。

波兰的警察办事效率真的是

很快，想不到，不到20分钟，警察就赶到了机场，这当然也要感谢华沙这个很少堵车的城市。跟着警察一起来到机场的，还有一位穿红衣服的六十多岁的老大爷，警察告诉我，他就是捡到我的电脑的人。当时我那个开心啊，恨不得把这位老大爷抱起来。我只说了一句："波兰人，我太爱你们了！"

记得刚刚到华沙，我在换钱的时候，曾经被当地人骗，所以那个时候，我对华沙这个城市留下的印象并不好。而正是这位老大爷的行为，改变了我对这个国家的印象。当时我能够想到的感谢方式，就是从钱包里掏出几现张美金送给这位老大爷，可是老大爷不收。最后我在钱包里发现了一些波兰的钱币，折合人民币600多元。在以往的旅行中，我在每个国家换的钱几乎都刚好够用，偶尔会剩余一些，也不会超过100元人民币，那样的话我就会把这点钱留下来做纪念。

可恰恰在波兰这个国家，我分几次换的钱最后居然没有时间花出去，留下了相当于600元人民币的波兰币。当时是想在机场把它退回去，可是遇到了这样的事情，我决定把它交给这位好心的老大爷。老大爷还是不好意思收，后来我请那对中国夫妻翻译给他听，这个钱我带回去也没有用，它应该留在波兰，这是上天的安排。这次旅行我多换的钱，其实就是为了感谢你而准备的。后来旁边的警察也劝他收下，老大爷才收下了我那价值600多元钱的感谢费。

接下来我开始办接收手续，又求上海那对老夫妻帮我用英文写了感谢信。这个过程中，我感觉懂英文真是非常重要，因为在语言不通的情况下，发生的突发状况会让你焦头烂额。而这个事情的发生也是源于坐廉价航空公司的飞机，如果不是坐只能托运8公斤行李的廉航飞机，我就没有必要把行李中的贵重物品提前拿出来，也不会发生丢失的事件了。

8

原来旅行还可以赚钱

通常我们都会认为，周游世界是一件非常花钱的事。很少有人会想到，有时候旅行不仅没有花钱，还可以赚钱。我的南极之旅就是这样的。

2011年，我去了六大洲之后，特别想去的就是唯一一个我没有去过的大洲——没有人居住的南极洲。我特别渴望能有一次机会，能把我的脚步伸展到南极。

那年我在网上得知，美国的"公主号"油轮要在2012年1月最后一次航行到南极，由于环保组织将不允许大型油轮开往南极旅游。通过广州的一个船票代理商，我买到了最后一班通往南极的大型油轮的船票。船票加上从中国飞往阿根廷布宜诺斯艾利斯的机票一共要花大概5万至7万人民币，这在较难实现的南极旅游中已经算是便宜的了，通常南极旅游没有10万以上的价格是很难实现的。

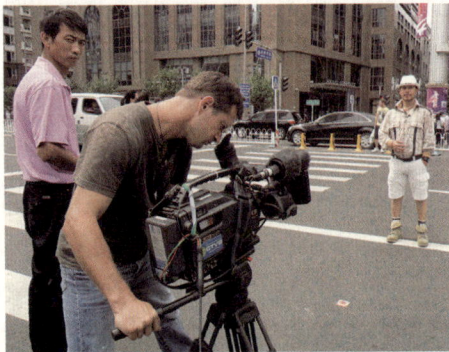

提前预订了船票之后，我又在博客上发了一篇《谁想跟我去南极》的博文，因为从行程上看，这艘"公主号"油轮从阿根廷出发，要航行17天，才能

英国摄影师在北京世贸天阶拍摄行走40国主持的
《奥迪Q3穿越中国自驾之旅》出发篇

驾驶凯迪拉克赞助的汽车在青藏线格尔木段自驾游

够回到最后的上岸地——智利的首都圣地亚哥。并且得知在茫茫大海上，是没有手机信号和上网信号的。

我在想，这样一艘大船，这样寂寞的长途旅行，最好还是找三个语言相通的中国粉丝相伴凑一桌牌局，至少在寂寞的油轮上，我们还可以一起打发时光。

而这篇博客发表之后，北京电视台找到我，希望我把南极之旅拍摄第一手资料给北京卫视来做节目播出。为此，北京电视台的台长王晓东还专门为我买了一

南极

部摄像机，并要做一个欢送仪式，让我成为北京卫视的特约记者，一路拍摄去往南极的故事。

随后又接到中央电视台张绍刚主持的一档节目的邀请，要对我的南极之旅做电视访谈。后来他们做了一个叫《幸福在路上》的节目，在2013年的年三十中午播出。

当一些媒体开始对我关注之后，我突然想到，也许我去往南极的经费有眉目解决了。我知道我的这次行走地球最后一大洲南极洲的旅行，在媒体上会产生一定的影响。而当时国家互联网协会也选定我作为"中国网民节"的形象大使，他们希望我能够带一面"中国网民节"的旗子，在南极之旅中一路寻找来自不同国家的人签名，支持中国互联网的发展。而这面旗子让我有了另外的一个想法，就是再多带一面旗子，并在这面旗子上写上公益环保的文字——节能减排，保护地球。

在旗子下面，留了一个给相关企业放LOGO的位置，我将带着这面旗子和"中国网民节"的旗子，及北京电视台的旗子，去寻找各国游客来签名。

可是到哪里去寻找愿意把自己的LOGO放在环保旗上的企业呢？我想，既然是环境保护的公益主题，那就找保险公司吧。而保险公司里，当然国际保险公司是最好的。

后来经广州一个老同事的点拨，我把这个策划发给了友邦保险北京分公司。在这封邮件里，我阐述了这次南极之旅我能够做到的事情，以及中央电视台、北京电视台，还有我的博客对这次南极之旅的报道。最后我提到，如果你们愿意合作，我不会要你们的现金，只需要为我报销这次南极之旅的机票和船

票费用就可以了。

很快得到友邦保险公司的回复，他们很认同这种公益推广的行为，并且认为这点费用不算多。于是，这次南极合作就很快促成了。并且他们按照我提供的图案，制作了一面绿色的环保旗子，在旗子的下面放上了AIA的企业LOGO。在我离开北京那一天，他们还专门为我准备了一场欢送会，赠送他们制作的这面旗子给我。

离开北京的那一天真的很忙，中午北京电视台欢送结束，就马不停蹄地去友邦保险公司接受授旗和欢送仪式。好在这两个单位离得很近，都在国贸。而国家互联网协会在复兴门这边，离国贸较远，我的时间又有限，他们就把"中国网民节"这面旗子的授旗仪式和"中国网民节"形象大使的授旗式搬到了呼家楼地铁站附近。

那天天气非常寒冷，在北京的寒风中，我用这种特别草根的但具有网民特点的授旗仪式来度过了我告别北京去往南极前的最后一天。

这次南极之旅除了去往阿根廷的机票和去南极的船票以外，我还需要两万元钱

　　的费用，因为去往南极的"公主号"油轮太大，在南极湾行走的过程中，不能真正靠岸，只能在漂亮的风景处停下来，在船上拍照。而我希望我的脚步能够踏在南极洲的土地上。

　　通过"公主号"油轮，我联系到了智利科考站的一个可以飞往南极的小飞机。而坐小飞机从智利飞到南极的飞机票大概需要 3 000多美金，也就是折合人民币两万元左右。这费用从哪里来呢？

　　2009年，香港的吉尼佛背包最早找到我，让我给他们做代言，那个时候他们给了我四万元钱的代言费。这个数字在一般人看来，只能是一两个国家的旅游费用。但是在2009年，有人能够愿意让我为他们的旅行产品代言，我已经觉得很幸运了，所以当时答应了为他们做三年的代言，那个时

候我为他们拍照代言最多的是一款军绿色的摄影包。

向南极出发前的一个星期，我通过电话找到吉尼佛的人，告诉他们我将要去南极，不知是否又有新的产品适合我的南极之旅。如果有合同之外的产品，我可以把它背到南极去，在南极拍照片，为以后这个产品做推广用。

当时他们就告诉我，他们的技术人员刚刚研发了一种带拖车功能的摄影包。而这个拖车折叠几下就会变成一个三脚架，是一个很有创意的背包产品。如果我能把它带到南极去拍摄图片，那就更好了。我告诉他，我可以把它带到南极，我也不需要额外的现金，只是要帮我报销我坐小飞机从智利再飞往南极时所需的两万元人民币的机票钱。厂家告诉我，没有问题。

接下来，吉尼佛在没有批量生产的情况下，加紧做出了一个手版的样板三脚架背包，我带着它开始奔赴南极。

通过这次的策划，五万元的机票和船票钱，以及两万元的登陆南极的小飞机的费用，共七万人民币都有了着落。而事实上，在坐小飞机飞往南极之前，船家的组织者需要找一位资深的乘客做乘小飞机去南极的领队，于是我报了名。他们在看了我当时已经走完了近70个国家的经历之后，决定让我来承担这个任务。

而让我意外的是，完成了小飞机登陆南极之后，油轮方代智利飞机方把我交的小飞机的两万元机票钱退给了我，他们说做登陆小飞机的领队是免机票钱的。因此，这次的南极之旅不仅解决了旅行的经费，还赚了两万块钱。

9

我是如何打微博工换
免费旅行的

　　2006年11月以前，我的名字叫"黑剑"，那个时候我还没有完全脱离电视台的工作。在电视台从做主持人、导演到制片人，在电视屏幕上一直都使用"黑剑"这个艺名。

　　2006年11月14日，我完成了第40个国家芬兰的旅行，回到中国，开通了我的新浪博客。因为是从第40个国家归来，纪念当时的日子，就给自己起了个网名，叫"行走40国"。最初的意愿是将2000年到2006年积累的丰富旅行故事分享给大家，后来逐渐发现，更多的读者最需要的反倒是我不懂英文

现在经常受邀为各地旅游局做旅游规划和旅游推广。图为在承德

如何出国的方法，和我在没有钱的情况下如何行走了这些国家，还有我签证的方法。

　　我的博客逐渐被新浪的编辑发现，开始推荐到新浪的首页，影响越来越大。2009年，国家互联网协会开始举办首届中国网民节，开幕仪式上要颁发"中国十佳博客"，国内的新浪、搜狐、网易等各大网站都在派博客选手参加比赛。在新浪派出的30多个博客选手中，我成为其中旅游博客的代表，去为新浪竞争"中国十佳博客"的最后获奖名额。

　　没有想到，在中国网民节"中国十佳博客"颁奖仪式上，我在100多个来自各大网站的博客选手中，我幸运地成为十大博客获奖者之一。从此，我的影响也越来越大。

　　我从2000年开始启动周游世界的梦想，旅行中从一个出发时抑郁的病人变成一个快乐的行者。2003年肾病开始好转，旅行的脚步却并没有停下，一直在继续。为了旅行，我卖了房子，直到

为了去瓦努阿图和新西兰旅行，贱卖了这部跑车做旅费。

在阿联酋冲沙

2010年把积蓄花完了以后，又把最后可卖的汽车卖掉了，前十年的旅行一直都在花钱，直到弹尽粮绝。

而2009年底获得"中国十佳博客"成为我旅行上继开新浪博客之后的另一个分水岭。2006年开新浪博客"行走40国"，最大的转变是让网民们知道了我，并开始学习我总结的各种旅行妙招。而2009年获得"中国十佳博客"，则让更多的各国旅游局、航空公司、酒店等机构知道了我，并了解了我在网络上的影响力，他们开始邀请我去他们的地区或国家旅行，并希望我用我的博客来推广他们的旅行景点。

2010年微博出现了，因为微博操作更方便，所以现在我的旅行更多是用微博来直播，而博客则作为收藏微博的一个工具。

对于今天来说，我旅行的钱越花越少，那是因为我可以用我的博客和微博来换取免费的机票、酒店、景点门票。也许对于其他读者来说，这是不可思议的一件事。可是如果你也像我一样，在分享你的旅行故事、旅行妙招的过程中，让你在网络上有了一定的影响力，自然就会有商家主动找上门来，为你提供这些免费的旅行了。

第一个邀请我免费旅行的是香港旅

游局，那个时候没有稿费，我只是去免费旅行，再把我旅行中的所见所闻写在博客上，就算完成了这次相互之间的旅行合作。后来，有新西兰、泰国、阿联酋、日本、韩国、加勒比等相关的国家旅游局、航空公司、酒店、游轮开始邀请我去旅行，而更多的是让我写微博来抵偿旅行的费用。所以我把这称之为"打微博工换旅行"。

依山而建的泰国康莱德吊脚楼别墅酒店

10

现在的旅行：一半花钱一半赚钱

我非常感谢互联网，因为博客、微博让很多人认识了我，认识了"行走40国"，并且有了一定的影响力。很多人在这个时候，就停止了脚步，不再继续艰苦地旅行。我已经有了七八十个国家的经历，完全可以不再继续艰苦的旅行，舒舒服服地停下来，回到原有的工作岗位，继续做我的电视节目、制片人、导演，也能有一份不错的工作；余下来的时间，把我的这些各国的经历写出来，我想生活应该也不错。

可是这么多年的行走，我已经习惯了在路上的孤独，在路上去解决面临的各种挑战。所以我不仅没有停下自己的脚步，没有回到令人羡慕的电视台的工作岗位，反而彻底放弃了我原有的电视台的工作，变成了一个职业的行者，频繁地继续行走在路上。也正是因为这样，很多国内外旅游局、汽车品牌和相关旅游机构开始找我合作，邀请我去相关的地方旅行。当这种邀请越来越多的时候，我的时间安排不过来，我开始拒绝其中一部分我不感兴趣或者我已经去过的目的地的邀请，毕竟我的时间有限。

爱上幽静的西班牙托莱多古城

墨尔本的广告墙

澳洲黄金海岸冲浪者天堂

这之后，开始有更多旅游景区付给我写作费，让我去他们那里旅行、写作。现在我几乎每个月都会接到旅行的邀请，我会在其中挑选我感兴趣，同时又愿意支付我写作辛苦费的目的地去旅行。毕竟我现在是以旅行为生，我的生活来源也最好从旅行中产生。

当然，我也不会唯利是图，对于一些我去过多次而兴趣又不是很大的旅行邀请，即使给再多的钱，我也会推辞。而对于另外一些我很感兴趣，但是又支付不起写作稿酬的某国旅游局的邀请，我甚至贴钱也会前往。

目前我的状态是每年的旅行一半是赚钱，这部分是非常舒服的旅行，对方的旅游局支付稿费给我，会给我安排舒服的酒店、航班，这样的旅行写出来的文章更适合那些享受型的驴友去分享和效仿。

每个月这样的邀请足以填充我现在的旅行时间，但是我毕竟是从艰苦的穷游中走过来的人，即使有更多舒服的邀请，我也只会选择一部分；而把另一部分时间用来安排自己的穷游，甚至比原来的穷游更多。因为我真的怕过惯了被邀请的舒适旅行，而丧失了自己原有的吃苦精神。所以在接受了赚钱的旅行之后，我都会来一次自我设计的花钱的旅行。

比如说2012年7月，伦敦希尔顿酒店邀请我去伦敦看奥运会，他们让我住舒服的酒店，每天给我配奥运会不同比赛的门票，其中很幸运的是还曾经与科比同台看比赛。看完比赛之后，对方又会安排在伦敦的旅行游览。而旅行一结束，我要求邀请方把我回国的机票改在一个月之后，我会利用这一个月去为一些资金很少，又想

出国旅行的驴友们探索穷游的妙招。

　　我做了一个计划，13 000元，从伦敦出发，去爱尔兰、波兰、拉脱维亚、波斯尼亚和黑塞哥维那、丹麦、冰岛、立陶宛等国家旅行，平均每天吃、住、行，只花200元人民币。我希望在13 000元人民币之内，成功地完成这次看起来不太可能的任务。而这六个国家的八张机票已经占据了这13 000元中的5 000元人民币，剩下的钱是所有的花费。

　　今天的我并不是花不起旅行的费用，而是想通过这样穷游的挑战，让那些没有多少钱的人能够学到省钱的方法。所以现在每次出国旅行，我都对我的微博读者说：想获得舒服游妙招的享受型粉丝请看我的前半程旅行，想省钱吃苦的粉丝请看我的后半程旅程。我的前半程是富翁，因为看着我住的是舒舒服服的五星级酒店，去的景点不是海滩就是剧场，或者看体育表演。而后半程则变成了实实在在的屌丝，因为那种穷游的经历和省钱的固执，让很多读者觉得我太抠门、太自虐了。这就是我现在的状态，我希望自己是一个能上能下的行者，既能享受舒服的旅程，也

冰岛首都海滨雕塑

能够完成最艰苦的旅行。

　　说到一半花钱一半赚钱的旅行，我近几次旅程这样的安排特别多。悉尼希尔顿邀请我去旅行结束后，我自己去了附近相当落后的瓦努阿图。而黄金海岸的舒服旅程结束之后，我又一个人去了遥远的太平洋岛国萨摩亚。新加坡机场邀请我去旅行，完成了他们的邀请之后，我自己在新加坡留下了一段时间，住青年旅馆，开始穷游。

德国公司的摄制组在西湖边跟拍行走40国的奥迪自驾游

　　2013年4月，泰国苏梅岛康莱德酒店邀请我去旅行，结束以后，我从苏梅岛3 000多元一间的独立别墅酒店搬到了曼谷100元人民币的没有空调、没有独立卫生间的小家庭旅馆。

　　2013年6月，奔驰公司邀请我一同驾着他们的GLKSUV越野车进行川藏之旅。自驾过程中，在拉萨我住的是拉萨市最奢华的瑞吉酒店。活动结束之后，其他人离开了西藏，我要求把机票改在几天之后离开西藏。其他人走了之后，我从3 000多元一晚的瑞吉酒店搬到了100多块钱的青年旅馆，开始了我在西藏的穷游。

　　做一个能上能下的行者是我的目标，被邀请的旅行既可以赚钱，又能欣赏到美丽的风景，品味到可口的美食。而自我安排的穷游虽然很艰苦、很疲劳，甚至很饥饿，但是从中我会找到我自己享受的那份独有的快乐，尤其是在回国后回忆起这段经历的时候。

自驾来到山东曲阜古城门

第三章
Chapter Three

外语妙招

　　一个不懂英文的人持续在国外旅行，除了孤独还有无助。外语不通如何沟通？只要你们交流的愿望强烈，总能找到让对方明白你意思的方法。记住我的一句语：反正不懂外语也不会死人的！

——行走40国旅行格言

10

我想做个试验，不懂英文能否周游世界

我想做个试验，不懂英文能否周游世界

我最初的旅行是被一场病逼出来的，当出发的时候，我并没有想过我的将来会以旅行为生。那个时候只是因为以为自己时间不多了，不想在离开这个世界的时候有太多的遗憾，所以匆匆忙忙地就出发了。

在法国尼斯坐公汽

在斯洛文尼亚唱南斯拉夫老歌《啊朋友再见》吸引当地人，并跟他们学当地话

我出生在中俄边境，当时那里是不学英文的。所以2001年我第一次去欧洲旅行的时候，我发现了英文的重要性。看着其他人用英文在跟当地人沟通，我特别羡慕。而对于我来讲，他们在说什么，我完全听不懂。

刚刚出国旅行的时候是跟团游，因为十几年前国外还没有向中国开放旅游目的地，一路上都是听导游在给我们讲解和做翻译。

真正让我有了做一个不懂英文的旅行家的想法，是2005年的南美洲之行，那次我去了阿根廷和巴西。才发现原来英文不是万能的。在西欧，几乎每一个非英文国家的人都懂英文，哪怕是他不爱用英文来跟你对话，他也是懂英文

的，比如说法国。而在阿根廷
和巴西，人们更愿意使用的是
西班牙语、葡萄牙语。但我在旅
行中认识的所有旅行家基本上都
是英文很强的人，无论他是来自
哪个国家。

在巴西足球场

　　那个时候，我突然有一个想
法，在我们中国有很多跟我一样喜
欢旅行但不懂英文的人。正是因为不
懂英文，或者是懂英文但是哑巴英
文，只能听、不能讲，导
致这些人不敢出国旅行。我如果能够为这些人去摸索一些周游世界的方法，那么这
些不懂英文的人也会看到出国旅行的希望。但如果我真的把英文学得很好，有了英文
沟通的能力，我就不可能花时间去琢磨不懂英文怎样与人沟通了。

　　如果我是在不懂英文的情况下，把地球上很多我想去的地方都走遍，那么对于
我身后那些不懂英文而又想出国旅行的人，是一个巨大的鼓励，也会为他们做一个
成功的范本。于是我希望做一个试验，一个不懂英文的行者能否游遍世界。如果这
个试验成功了，不仅对我们自己的同胞，而且对其他国家不懂英文想周游世界的
人，也会提供一个值得效仿的范本。

　　从此之后，在我的博客上多了一个系列——不懂英文怎样出国。而细心的人会
看到，我的博客上有一系列这样
的文章：用搞笑中文融入马来西
亚、塞尔维亚、意大利、巴基斯
坦、匈牙利等。这是我用自己独
特的方法，在学习英文以外的小
语种，并把它分享给那些想去这
些国家旅行的人。

　　那么不懂英文，我怎样去解
决其中面临的各种问题呢？

在尼斯跟印第安街头艺人学表演

2 不懂英文咋过海关

我们都知道，去任何一个国家，在过移民关的时候，都需要填写表格，而这些表格除了本国的文字就是英文，那么我是怎样解决填过关表格的问题呢？

这一关我是绝对跳不过的，我想想到了翻译机。刚刚脱离旅行团，开始独立自由行的时候，我身上带了一个绝对不可离手的法宝。那是1997年我在台湾制作旅游节目的时候，购买的一个最早的翻译机，这个翻译机叫无敌翻译机。那个年

在巴林，陌生人拉登大叔送我去商业街

代出的翻译机是很重、很沉的，像一本小说那么大的尺寸。当时购买这个无敌翻译机花了4000元人民币。

后来我发现香港有卖比较轻薄的快译通了，但是我还是爱用无敌翻译机，因为这个翻译机除了中英文翻译，还有日语、西班牙语、法语等几个小语种的翻译按钮。所以早期出国，我在过海关填表的时候，就靠这个翻译机来翻译。

可是用翻译机翻译速度非常慢，每次出国，我会提前向空姐要入关的表格，然后就开始翻译，逐个单词地翻译。有很多国家的入关表格是非常复杂的，比如说澳大利亚和新西兰的入关表格，上面有很多，诸如你是否有带动物标本、药品、水果之类复杂的选项。如果你填错了，很有可能就被滞留在关口反复询问，因此这个填表的过程须非常谨慎。

每次出国旅行前一天晚上，我会收拾东西到很晚，又担心忘带一些必需的物品，往往只睡两三个小时就起来赶飞机，所以到了飞机上之后非常困倦。可

自助办港澳签证

瑞士狂欢节上的苏黎世人拿着我制作的魔术头巾学习怎么戴

是为了把入关表填好，往往别人在飞机上睡觉，我要花一两个小时来逐个翻译和填写这张表格。

在这之后我再去一些国家的时候，想到了一个聪明的方法，就是把上次去的国家所填写的表格多要一份，在去下个国家旅行的时候，照着这个表格把相同的单词抄过来，会减少一部分单词的翻译。而也正是因为有了翻译机，人就变得懒惰了，很多的英文单词也就不去留意背下来了。到现在，我所懂的英文只是几十个简单的单词，而没有做更深的努力和学习。

2009年，我的博客有了一定的影响之后，开始有一个做软件的公司找到我，跟我合作，他送了我一个轻便的小秘书翻译机。这个翻译机颜色是彩色的，里面提供的翻译语种更多，并且还可以长句翻译。有了它之后，我的旅行方便了很多，不再带着重重的无敌电脑了。

再之后，我又学到了一种方法，不需要在飞机上牺牲自己的睡觉时间，逐个去翻译入境单上的各种文字了。我逐渐学会了厚着脸皮向同飞机其他的华人求教，让他们帮我人工翻译，或者借用他们已经填好的表格来对照。

2012年，我从拉脱维亚抵达丹麦，在丹麦准备转机去冰岛的时候，因为不懂英文，差点赶不上飞机。当时慌慌张张赶到航空公司办登机牌的地方，看到一些人在排队，时间不多，我也就跟着后面排队。可是排到我的时候，工作人员跟我说了一堆东西，我听得不是很明白，但是大体知道他是让我不要在这里排队，他指着前方另外一个地方，而前方没有地方可以排队了。后来我拿着机票给其他的人看，经别人指点，我才弄明白原来是要去二楼的另一个地方办理手续。

我到了二楼，跟着人排队，好不容易快到我的时候，发现二楼这儿是安检，他看了看我手里打印的机票，告诉我到楼下去办手续。于是我又跑到了楼下，到了原来的地方。可是原来的地方已经没有工作人员了，这时离飞机起飞时间已经不多了。

　　我又拿着这个打印出来的机票到处去给其他的人看，直到碰到一个包头巾的阿拉伯妇女，她带着一个七八岁的儿子，把我领到一个自动柜员机旁边。原来，我的这个票是需要在柜员机上自动办理的，如果有行李才会拿到前面排队的柜台去办手续。但是柜台不负责换登机牌，登机牌全部都是自行在柜员机办理。

　　可是我把护照插进去，柜员机上面的一些文字我又看不懂，如果逐字翻译，时间就不够了。在我想看其他的人怎么操作，然后我再跟着操作的时候，发现周围其他的人都已经办完了手续。这时我看到那个带小孩的阿拉伯妇女来到了我旁边，原来她的登机牌也没有办。我便看她如何操作，把她的操作步骤记在心里。可是到了我操作的时候，用同样的动作，却依旧不行。这时我叫住了她，反倒是她七八岁大的儿子跑过来，帮我一项一项地确认，进入到下一步，直到把机票打出来。

　　那个时候我突然觉得，不懂英文真麻烦，我一个大人居然连小孩子都不如。这回回国，真的要好好学习英文了。可是再想一想，如果我真的懂英文的话，我还能

继续为那些不懂英文的人去摸索不懂英文该怎样旅行的方法吗？

不懂英文除了填入关表格、办理登机手续的时候会遇到各种各样的麻烦，有时候遇到海关询问，也会让你非常地着急。

最早的时候遇到海关工作人员询问我一些问题，我听不懂，便会非常紧张。而现在我则不会再紧张，我也告诉那些不懂英文的朋友们，如果遇到他们询问你听不懂的问题，你就直接用中文回答不知道，而不要用你仅会的那几句英文来跟他对话。万一对话出了错，有可能会引起不必要的麻烦，甚至拒绝你过关。

你可以想一想，在那种被询问的状况下，其实移民官比你更着急，因为问题是他问出来的，他需要你的答案，他听不懂就会想方设法找一个懂中文的人来帮你做翻译。而作为一个合法的入关者，你有合法的签证，或者尽管没有签证，但你的护照是属于免签入境的，自己没有违法，没有必要为听不懂他的询问而着急。

事实证明，我的这种想法是正确的。每次有人问我，发现我无法回答的时候，他们就会找懂中文的工作人员，或者是过关的乘客来给我解释，让我明白他所问的问题。

瑞士人开心地跟我交换头巾

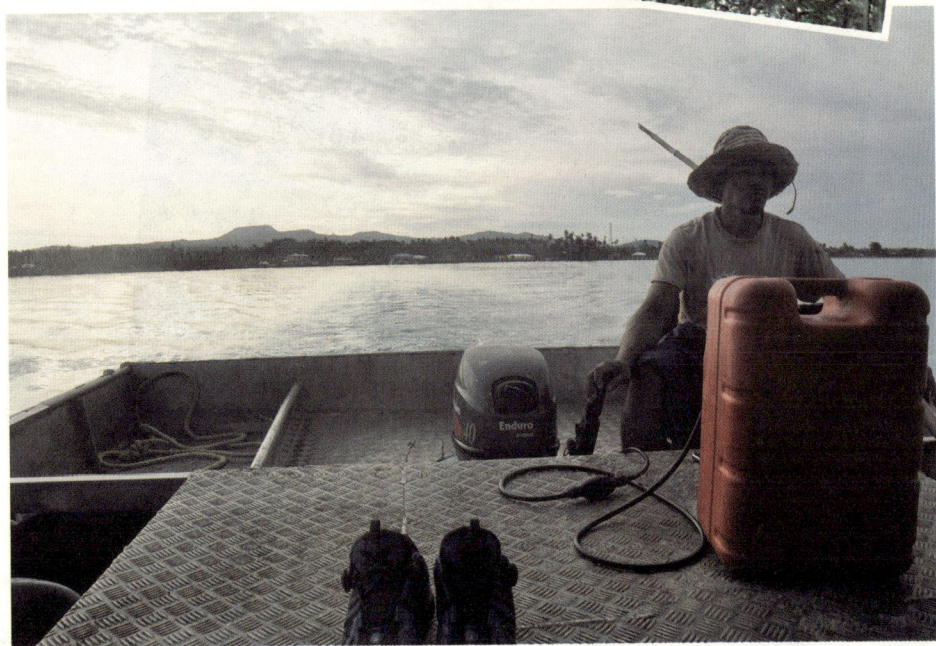

3 不懂英文咋点餐

　　不懂英文在国外旅行会遇到另外一个麻烦，就是去餐馆吃饭的时候，面对一张菜单，不知道该点什么好。所以那个时候多么希望每一个餐馆提供的都是可以看图说话的餐单啊。事实上提供图片的点餐单并不是特别多，于是我开始用照本宣科的方法来完成我的点餐。

　　通常我到了一个餐馆的时候，先不急于坐下点餐，而是先去洗手间，有意多经过几排餐桌。这个时候我的眼睛是不

在意大利都灵人家里吃晚餐

会偷懒的，我会一路瞟着身边各个桌子上的食客们，看他们都在吃什么菜。如果哪一道菜令我有食欲，我就会记住那道菜，等从洗手间洗完手回来，我会叫住服务员，然后去指不同桌上的某个位置的菜，来让他帮我写上。当然了，这样做有点不太礼貌，但是我只能采用这种没有办法的办法，我能够做的就是向被我指过的桌上的那些食客们投去歉意的目光。

如果到的是一个食客较少的餐馆，连照本宣科的机会都没有，我就只好去点我知道单词的那几道菜了。而对于我来讲，最熟悉的几个英文单词无非是鸡肉、牛肉、鱼、猪肉、番茄、洋葱、土豆等等。如果餐馆提供的食材不包括以上几种的话，我还有一个办法，就是画图，或者是做出动物的叫声，比如说学鸭子叫、羊叫等。不过这种方法只是万不得已的时候才使用。

热情的意大利老大妈请我吃家宴

4

不懂英文咋订机票、酒店

我去俄罗斯旅行时曾经遇到过被偷得一分钱都没剩的情况，好在那次旅行我提前购买了回中国的火车票，否则可能就回不来了。在那之后，我养成了一个习惯，出国的时候把来回的机票和主要城市的旅店都提前订好，在网上支付了酒店和机票的费用，那么随身就不用带太多的钱了。

而不懂英文，怎样寻找国外的机票网站和酒店网站去订票呢？

现在互联网非常发达，这一切已经变得越来越容易，一些重要的大的商旅网站，都会有中文页面。即使没有中文页面也不要紧，也可以在出国前找一个英文好的人，让他来帮我翻译订票和订酒店，并且在网上付款。还有一些时候是遥控我的驴友，来帮我完成后面的一切。

2012年，我去波罗的海的拉脱维亚、立陶宛和爱沙尼亚旅行，就是之前找当时在德国的一个驴友，去帮我完成这些酒店和机票的价格对比与提前预订的。他一次次把在欧洲搜集到的廉价航空公司的航班和不同时间的价格在网上发给我，由我来决定哪一种组合价格最低廉。为了获得最低廉的机票，我不停地打乱当时要去的六个欧洲国家的前后顺

行走在尼斯

缅甸爸爸教我说缅甸常用语

序，甚至中间要经过无关国家的转飞，才能够组合出最便宜的机票。

我从英国出发，本来想先去爱尔兰，从爱尔兰再到冰岛，从冰岛再到爱沙尼亚，然后到拉脱维亚、立陶宛，再到波兰，再回到英国，这样画一个圈，是距离最近的旅行规划。可最后经过反复地比较，发现从英国飞爱尔兰，再向东飞波兰，从波兰再到波罗的海三国，再经丹麦转机去往冰岛，这样的话会比我原有的设计省1 000元人民币左右，于是就把这条线路订成了先向西飞，再向东飞，再向北面飞，最后再向西飞这样的形式。整个儿下来，八张跨国飞行的机票只花了5000多元人民币，算是相当便宜了，其中英国到爱尔兰只花了250元人民币的机票，并且还含税费。

同样，订青年旅馆时，我通常会先打开这个城市的地图，寻找所有相关的青年旅馆，确定位置，再查看价格，最后经过比较选出我中意的旅馆。通常订青年旅馆，我是希望价格都控制在20美金以内，而地点最好是离火车站比较近的市中心的位置，这样的话可以为我省去很多的城市交通费用。如果住在火车站附近，我便可以通过步行到城市这一圈的主要的景区。而在欧洲，火车站附近往往是聚集了各种吃、购、玩、乐的地方，这一下就又为我省去了不少交通费用。

5 不懂英文咋交流

　　其实不懂英文出国旅游，除了在海关、点餐等方面会出现不方便，而最不方便的还是如何跟当地人交流，这也是很多英文不好的人不敢出国的一个重要的原因。

　　我刚刚选择自由行旅行的时候，这成为摆在我面前的一个相当头痛的问题。我最早能够使用的方法是到了某个国家之后，打个车去唐人街，因为会一句"China town"就可以了。而最早把唐人街作为第一站是在马来西亚，之后在澳洲、泰国、英国，唐人街就成了必到之处。而我发现这个世界上只要有人的地方，都能够轻易地找到唐人街。

　　而唐人街有一个共同的特点，多数都会有一个写着中文字的牌坊，即使是悉尼、伦敦这样的大城市，每一个唐人街也不会太长。在这样一个比较集中的以华人为主的商业街里，我们可以找到在这个国家自己所需的各种东西，比如说纪念品店、超市、旅店，中餐馆就更是不在话下了。

　　最早的时候，我是先到这个国家的唐人街找一家中餐馆坐下来，在那儿点

缅甸大金寺

肯尼亚内罗毕中国城

一些中餐，利用这段时间跟餐馆的老板或服务员聊天。先向他们了解这个国家哪些景点值得去，哪些城市值得去，怎么去；然后再学一点简单的当地的语言。

有了唐人街做第一站，之后的旅行就容易了很多。在居住方面，我也尽量把自己的旅馆订在唐人街附近。华人有一个特点，就是喜欢住在一个城市最热闹的地区，如果你找到了唐人街，也就意味着找到了这个城市的中心地带，而从中心地带去往其他地方旅游、办事都非常地方便。比如说像"9·11"双子塔遇袭，当时纽约的唐人街就受到了很大的影响，因为它就在双子塔附近，属于纽约最核心的地带。

国外的观念跟中国不同，一些外国人尤其是白人，他们喜欢住比较宽敞、带院子、有花园的大房子，所以往往不喜欢住在拥挤的市中心，而是住在郊外。国外比较舒适的大酒店也多数是建在靠近郊区的地方，像唐人街这样拥挤的市中心，只有一些比较小的旅馆，条件不是非常好，环境又比较嘈杂，往往居住的价格并不高。在这儿住下来，便于寻找同样来自中国或者其他国家的华人驴友。

我曾在自己设计的十一功能魔术罐上印了"我不懂外语，怎样出国旅行"的几条方法：

① 出国前准备一个快译通（缺点是交流起来浪费时间）。

② 在旅途中寻找华人同伴（需要学会与陌生人打交道）。

③ 善用肢体语言（提前交个聋哑朋友，经常练习）。

④ 学会画简单漫画（有图有真相，全球看得懂）。

⑤ 厚脸皮跟外国驴友同行（用提前准备的糖衣炮弹腐蚀他，你们之间慢慢用快译通沟通，出门问路、找酒店全部交给他）。

⑥ 找当地人学简单的当地话。

这几条我在旅途中都会经常使用。

说到肢体语言，很多人会问我，怎么样比画对方才会明白呢？我会告诉他，如果你表达的欲望十分强烈，你总能找到一种可以让对方明白你所要说的意思的方法。就算暂时没找到，你也不要太着急，因为可能对方比你更着急。你在比画动作的时候，他也在尽最大的努力去解读你所传达给他的肢体语言的信息。

比如说我在旅行中问路时常常做的动作有：如果我去找睡觉的地方，我会把双手合上，放在耳边，然后头倒在合上的双手上，让对方明白，我需要找住店的地方。如果对方还不明白，我就会加上象声词，打呼噜的声音，让他理解我的意思。

我送的印有妙招的魔术头巾给这个意大利家庭带来了快乐（一）

（二）

通常做到这个动作的时候，一般人家都会看明白你想要干什么。

如果要找洗手间，我最常做的动作是双手前后搓动。如果对方不明白的话，我就会加上我的口哨声"嘘嘘嘘……"，我想这样的动作加上象声词，一般的人总会明白吧。

关于找华人结伴同行，我告诉大家，最好的是马来西亚的华人驴友，因为他们具备了天生的多种语言的优势，在旅途中可以为你做多种语言的翻译。

马来西亚华人，多数人都能够讲普通话、广东话或者福建话，而外语方面，他们读书时英文是一定要学的，所以几乎都懂英文。除此之外，马来西亚是穆斯林国家，他们还要学马来文，或者是阿拉伯语。曾经跟我一起结伴旅行的马来西亚华人有好几位，去孟加拉国和巴基斯坦，我跟马来西亚的戴维结伴；去文莱旅游，我在半路跟阿平结伴；去缅甸、新西兰旅行，与我结伴的是马来西亚人格里芬。

我曾经和新西兰籍的海龟毛波以及来自广州的女驴友萨布瑞娜一起开始欧洲自驾游。回到意大利的时候，他们两位都要回国去上班了，而这个时候，马来西亚的格里芬放假来到了意大利，我们一起结伴从意大利去斯洛文尼亚，之后又去了中东的卡塔尔和巴林。

卡塔尔和巴林是穆斯林国家，那里讲阿拉伯语。在那里旅行，格里芬大派用场，因为他在马来西亚长大，虽然他是华人，但他在读小学的时候还是学了一些阿拉伯语的。他说自己讲不好阿拉伯语，但是看文字还是可以的。所以在中东旅行，基本上没有太大的语言障碍。

我结交的第一个外国驴友是在清迈认识的西班牙空姐。她的名字的发音我总

是发不准，但是我会用接近中文的发音来记忆她的名字，非常容易记，她的名字叫"空气"，所以我称她为"空气小姐"。虽然空气我们常会说它不存在，但是这个"空气小姐"在我的旅途中确实是不能不存在的，她成为我的第一个出国旅行的英文翻译。

在清迈机场，下了飞机之后，我首先在机场里找到了清迈的地图。正在看的时候，我发现了一个跟我一样背着背包在机场里迷茫地晃悠的白人姑娘，我走过去，把我手里的地图送给她。就这样，我们开始有了初次见面的搭讪。

我通常用的方法是，如果想求得别人的帮助，必须自己先帮助别人。如果我希望某一个英文好的驴友来给我做翻译，那么我也必须为他做一些事。所以每次出国之前，我都会上网或看书，把这个目的地的图片和资料打印出来，画在一张图上，做好旅行的攻略准备。我希望的结果是，当我与外国旅游结伴而行的时候，我用我自己多年旅行的经验做他的导游，而他则做我的翻译。后来我们在一起结伴旅行中，她采用了我提供的攻略和方案，我们一起去了长颈族村庄，去探访那些脖子上戴满铜环的姑娘。

那些天的旅行，我与"空气小姐"之间的交流是用快译通和手语来解决，出去旅行、买车票、讲价，这些需要英文沟通的，就全部交给"空气小姐"了。

一个不懂英文的人在国外旅行，经常会遇到无助的时候。我在去爱沙尼亚旅行的时候，飞机抵达爱沙尼亚首都塔林的机场时，已经是晚上9点

佩戴行走40国魔术头巾的德国康斯坦茨姑娘

我自制的魔术头巾成为了我与陌生人沟通的工具

钟，天已经快黑了。到达机场后，我通常做的事就是先找一张免费地图。在机场拿到了这张免费地图以后，我会从身上掏出打印出来的提前订的青年旅馆的地址，开始在这个地图上寻找旅店的具体位置。

可是这次我拿到的地图是爱沙尼亚文字的，而我手上的地址是英文的，在上面很难找。这时候我就需要在机场找到当地的人，让他们用手机定位帮我找具体的位置；如果还是找不到，我就只好求助于公交车司机了。

我走出这个小小的机场，在门口看到了一个公交车站牌。我想爱沙尼亚是一个很小的国家，去市区的车不多，只要是坐上一辆巴士，应该都是往市区方面去的吧，先到了市中心再说，因为当时已经太晚了。

在等车的时候，我开始寻找当地人，问他们知不知道我手上的这张地址的具体位置。先是看到了一个六十多岁的老大妈，我把地址和地图递上去，她非常热情，在地图上帮我找了很长时间，但没有找到。我又用简单的英文单词问她，去市中心的巴士坐几路？可是她连最简单的这个 "City center" 也听不懂，但是她却非常

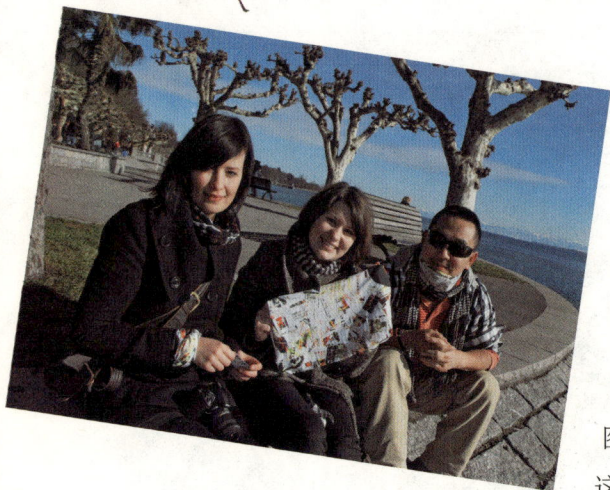

地热心，又拉着我去问旁边的人，可是旁边的人是来自国外的旅客，根本就不是爱沙尼亚人，没有一个人知道。

这个时候一辆大巴开了过来，她又把我带上了大巴车，把我的地图递给司机看。司机是位年轻的、瘦瘦的小伙子，他也开始在地图上寻找我要去的那条街道的名字。这个时候天已经暗了下来，看地图已经看得不是很清楚，司机就一直在帮助我寻找我要去的地方。车上已经坐了一些要去市区的人，可是司机到点了也没有开车，一直趴在地图上帮我找，而且他找得非常慢。我实在过意不去了，于是告诉他，我知道了。我收回了地图，他才开始开车向市区走去。

车把我们拉到了市中心一个宽阔的马路边停了下来，这时候天完全黑下来了。借着路灯，我一路询问，有路人告诉我，在前面的转盘道转过去有一个车站，在车站再坐巴士，是可以到我订的青年旅馆的附近的。

我拖着行李转过转盘道，找到了公交车的站台，可是在站台我还是找不到我要去的那个站的站名。再次求助旁边的人，我希望尽量能够找到年轻的当地人，因为他们的英文可能会好一些。问了几个之后，才有人给我指了方向，说我走错了方向，于是又穿过大马路到对面去找人问。有人告诉我，乘上其中的一部巴士，但不确定在哪一站下。

上了巴士以后，我开始问旁边的人，才有人告诉我，只坐两站就可以下来了。下来之后，我发现旁边的路牌跟我手里拿到的地址是一样的，我非常开心。可是走进这条路，却没有看到我所找的号牌。

已经是晚上9点多钟了，天黑了，我又非常饿，拖着行李很疲惫地在街上走。终于看到前面有一个小酒吧，我到了它的门口想休息一下。酒吧的人非常热情，他看了我的地址以后，说走过了，给我指方向，让我往回走。可是我走回去发现，却没有我所找的号牌。

　　深夜，在这条寂寞的街巷里晃了很久，最后发现旁边有一扇门被打开，有人走了出来。我试着推门进去，发现里面有一个院子。穿过这个院子往前还有一个门，在这扇门这儿我终于发现了，其实我所要找的青年旅馆就是这里，离我下车的路口并不是很远，只是外面的门掩盖了它的门牌号。这个时候我已经精疲力尽了。进去之后，我被安排在顶上的阁楼。爬了几层上去，放行李的时候其他的人在上下铺和地板上已经睡着了。

　　在找路的过程中，虽然当地的人特别热情，但是因为彼此不懂英文，沟通变得非常麻烦。但是最后，还是找到了让对方明白自己想要表达意思的方法。

40国教苏黎人玩魔术头巾

6 我的那些外国翻译

（1）爱尔兰遇到玛利亚

　　一个不懂英文的人独自在国外行走，最头痛、最无助的就是连续多日找不到人说话，而在寻找住处、旅游目的地和听当地人介绍景观的时候，那种无助感是特别强烈的。但是我很幸运，在我过往的旅行中，每次寂寞的时候，在我最需要语言沟通的时候，都能够遇到一个可以讲中文的外国人；甚至他们会改变自己的行程，陪伴我旅行，并给我当贴身翻译。我有时候在想，上帝在给你关上一扇门的时候，往往会为你打开了一扇窗。而这些在旅途中帮助我的、能讲中文的外国人，就好像是上帝派来的使者。

中文讲得倍儿溜的西班牙姑娘玛利亚成为了我的翻译

玛利亚是我在爱尔兰旅游的时候认识的。应英国伦敦希尔顿酒店的邀请，在看完奥运会比赛后，我要一个人奔赴爱尔兰去旅行。当时我有英国签证，听说在奥运前后凭这个签证也可以进入爱尔兰旅游，我决定去这个我不曾去过的国家。那次的爱尔兰之行其实挺忐忑的，原因是我给自己规定了为省钱全程不可以打车，不可以漫游上网，这就使得我在不懂外语的情况下转乘公交和寻找青年旅馆有很大的困难。

到达爱尔兰首都都柏林以后，凭英国签证进入爱尔兰非常顺利，正常的时间，去爱尔兰旅

玛利亚难以置信：一个中国人居然去了70多个国家

行是需要独立签证的。但是在英国举办奥运会期间，爱尔兰为了吸引游客，制定了阶段性的用英国签证可以进入爱尔兰旅游的政策。

在过关的时候，我发现飞机上的人都是爱尔兰人，他们走单独的通道，而只有我一个外国人需要过关。出来的时候口渴，去机场的小店买水，这里的水也非常贵，两欧元一瓶，约为17元人民币。但是如果你买两瓶，2.5欧元就可以，于是果断地买了两瓶水。到各地的机场，我都会寻找免费的地图，可惜在都柏林机场没有免费的地图，而这里卖的地图居然要折合60元人民币一张，结果我没有买。

打开手机，发现这里有无线Wi-Fi，这回我不用再去找当地人借手机查酒店地图等信息了。我打开网络，输入了青年旅馆的地址。找到位置以后，用手机拍了几张照片，开始寻找进城的巴士。

在机场里一路问，便找到了开往市区的747号巴士，车票6欧元，等于50元人民币，在爱尔兰算是便宜的了。从我手机拍摄的地图看，我预定的青年旅馆离巴士

站的第九站比较近。我拿了一张线路巴士的介绍，这条线每天5点钟开始，每15~20分钟一班，可是问题是车上没有走马字幕，也听不懂司机的报站，所以我只好一直数站。结果发现司机在经过有些站的时候没有停，我也不知这个站是因为没有人下车不停，还是本身我的那九个站里不包括这个站，心里开始担心。于是拿着我的地图向邻座的人询问，指给他们看，希望他们能够在我到站时提醒我。

到达我要去的车站的时候，下起了小雨，我淋着雨，拿着青旅的预订单开始问路，当地人非常热情，我一路问了八个人，有个老爷爷拉着我给我带路，结果却走错了路。最后在一个热心小伙的带领下，我找到了这家青年旅馆，每晚16欧元，约为128元人民币，想不到这旅店的位置在非常繁华的市中心。之前我在网上寻找爱尔兰的酒店时，发现这里的酒店多数都在1000元人民币以上。经过反复比较，才找到了这间最便宜的青年旅馆，看来性价比还是挺高的。这时候已经17点半了，我还没有吃午饭呢，不过还是先抓紧时间利用青年旅馆的Wi-Fi上网。

我沿着窄窄的楼梯爬到三楼我住的六人房，里面有三张上下铺，一个长发的姑娘看了我一眼，又蒙头继续睡。我从厕所里出来见她醒了，跟她打了个招呼，她是来自加拿大的一个漂亮的姑娘。我住在她的对床，床下有两个可以上锁的铁网箱，我们的东西可以放在铁网箱里，用自己的锁锁上。这时候，又有一个大叔进来了，他住在了我的上铺。

美国新奥尔良庄园

这次我来爱尔兰，主要是看传说中的莫赫大悬崖，首都都柏林在爱尔兰岛的最东面，而悬崖却是在最西面，怎么去？去那里到底需要多长时间？中间还有什么样的景点可以看？这些都需要向酒店的工作人员咨询。在这个过程中，英语不好成为很大的障碍。我从青年旅馆墙上众多的旅游资料中找到了几份去莫赫大悬崖

的资料，而在对比各条线路中我还必须要找到最便宜的线路，而在哪里坐车、中间是否含餐，我都必须了解。所以这个过程很慢，需要有耐心。最后我选了一个最便宜的线路，当天起早去，当天夜晚回，只需要40欧元，也就是300多元人民币。

第二天早上六点多钟，我就下楼在门口等车，结果没有看到巴士过来，却来了一个白人姑娘。她带着我向另一个地方走，我们转了几条街，又有其他几个人加入我们的队伍，最后来到了一个站牌下。7点20分，汽车带着我们去莫赫悬崖，全车大多是白人，他们都在讲着英文。我终于看到了一张华人的脸，我希望在这次参观的过程中，他能够讲一点中文，让我对这次旅行有一个深入的了解。虽然之前关于莫赫大悬崖的资料我已经看了很多，可是当我问他是不是华人的时候，他说"Yes"；但是我跟他说中文的时候，他却说"No"，他不会中文，他是印尼的华侨。

这一天游玩了好多地方，旅途中又去牧场参观，登了一座山；下午到达了莫赫悬崖，晚上回来的时候我很疲惫，在车上睡着了，一路上也没有几个人可以跟我沟通。当我醒来的时候，车停在了一个城市里，人们都下车了，司机在叫我，于是我也下了车。看到旁边的高楼大厦，我在想，哦，已经回到都柏林了。这个时候是晚上六点多钟，夕阳西下，我拿着青年旅馆的地图去问我所住的旅店怎么走，路上的人看了我的地图以后开始哈哈大笑，我不明白是怎么回事，结果他说了一句"No Dublin"。这个时候我才知道我的车没有回到都柏林，而是停在了一个莫名其妙的城市，这个城市是在什么地方我也不知道。我突然一下觉得，不懂英文的旅行真的是很无助、很孤独！

我回头找到了刚才下车的地方，可是我们的巴士已经不见了。怎么办？我慌慌张张地向前跑，在前面看到了一个玻璃大楼建筑，这是一个客车站。到那儿拿了车站的地图才知道，这是离莫赫悬崖不远的另一个城市，叫戈尔韦，这时我才恍然大

悟，原来我还在爱尔兰岛的西海岸，离都柏林远着呢。可现在没返回的汽车，怎么回都柏林呢？我在心里暗暗地骂，这旅游车也不太靠谱了，居然把我丢下就走了。

这个时候，我看见车站门口有一个抽烟的女人，她很面熟。我突然想起，她应该是我所乘坐的旅游车上的一位客人，我像见了救命稻草一样跑了过去，向她吐出几个字："bus, bus."她跟我说了一大堆话，我连听带猜明白了，原来我们的巴士把我们放在了这个城市，给了大家一个小时逛街的时间；她又指了指手表告诉我，一个小时以后，大家在这个车站集合，用我们原有的票，无需费用，改乘其他的巴士回都柏林。我想其他的人应该都利用这个时间去逛街或购物了，还有半个小时的时间，我自己就在巴士站的附近走走转转，拍了一些城市的建筑的图片。

其实之前一个人旅行的时候，因为租车太贵，跟当地的巴士团也曾有同样的无助和听不懂的时候。但是这次格外紧张，因为以前在旅行的过程中，哪怕掉队了，也可以再买一张票回到我所居住的旅店或者城市，而这次我给自己定下的原则是，全程不能打车，不能上网漫游，每天吃、住、行、游、购等的花费，不能超过200元人民币。所以我的这次整个欧洲之行都不能出任何的纰漏，否则在13 000元人民币之内，我不可能完成欧洲六国行走一个月的穷游实验，并且很多的微博粉丝还等着看我这次旅行所分享的攻略和妙招呢。

深夜，我回到了都柏林。古城的夜色非常美，青旅的六人房里，对面仍然是那个加拿大美女；而旁边的上铺来了个土耳其的小伙，下铺又住进了一个德国的大哥，加拿大美女的头顶又住进来了个西班牙的美女，大家各自介绍自己的国家。当我介绍完我是来自中国的，没办法用英文再做深入的表达的时候，对面的西班牙美女对我说："我叫玛利亚，我来给你翻译吧。"

她居然讲的是中文！我突然有

都柏林

一种他乡遇故知的感觉，憋了两天了，终于遇到了一个可以跟我开口讲中文的人，并且她还是一个白人姑娘。那真是开心啊！

于是大家开心地讲着这几天在不同地方旅游的经历，玛利亚非常耐心地给我一句一句翻译，全屋的人都觉得我很奇怪，居然不懂英文也敢出来旅行，并且还去了那么多的国家。

德国大叔说："我太佩服中国人了。"

我告诉他们，其实我更佩服西方的探险家，虽然语言上他们障碍不是太大，但是他们敢去很多我们不敢去的地方。那天是我在都柏林旅行过程中最开心的一天。

第二天早上起来，玛利亚又拍拍我的床，让我一起去餐厅吃饭。在餐厅厨房，我们煮了一些简单的东西，玛利亚对我在不懂英文的情况下，到底去了哪些地方很感兴趣。我告诉她，我已经去了70多个国家。她很佩服，也很惊讶，她问我有没有微博和博客？我把地址给了她。于是在餐厅里，她几乎不怎么吃饭了，一直在看我博客里写的各国的旅游故事，她说："你的旅行经历太丰富了，想不到一个中国人也能去这么多的国家。"

之后的几天，玛利亚成了我的贴身翻译，让我对都柏林这个城市有了更多、更细致的了解。

（2）冰岛偶遇可以讲中文的海风

"海风"是一个人的名字，是我在冰岛认识的一个会讲中文的法国人。

我从立陶宛首都维尔纽斯飞到拉脱维亚首都里加转机去丹麦，在丹麦又等了几个小时，再转机飞了三个小时，抵达冰岛的时候已经是午夜零点了，这里比中国晚八个小时。首都雷克雅未克的机场离市区很远，要45公里，打车要1000多元人民币，我决定在机场的椅子上坐一夜。

冰岛的机场不大，不像新加坡的机场有很舒服的躺椅可以供游客睡觉。而冰岛本身就是一个航线上的末梢，没有什么人在这里转机，所以也很少有人在机场过

爱沙尼亚的俄罗斯教堂

夜。我所能找到的可以休息的地方，只有靠近门口的一个不大的厅里靠着墙壁的一排铁椅子，我买了一瓶水喝了几口，就开始寻找冰岛的城市地图和旅游介绍的资料，机场里有很多旅游咨询手册，可以免费索取。我拿了好几份不同的地图，以及不同的旅游景点介绍，看了看，然后准备在冰凉的铁椅子上睡觉，可是衣服穿得太少，虽然是8月份的夏天，但仍然很冷。

与机场认识中国通海风去蓝湖结伴旅游

　　我决定录一段介绍冰岛机场的视频再睡觉，于是我把可以拍录像的尼康D90相机放在行李车上，然后我坐在铁椅子上，以平视的角度来讲述我今天一天繁忙转机的经历。

　　可是因为没有平台固定，放我的背包上面不是很稳定，讲着讲着相机就塌陷下去了，我又重新调整好位置，继续自我录像和解说。这时候从我身后传过来一个声音："我来帮你忙。"

　　是中文，我以为在这个机场里出现了一个中国人。可是我回头一看，是一个个子不高、三十多岁的白种人。我很奇怪，也很兴奋，居然有白人会讲中文。

　　我问他："你是哪个国家的人？"

　　他告诉我："我叫海风，是法国人。我在北京做过幼儿园的英文老师，所以我会中文。"

　　他的中文还真讲得不错。这下好了，憋了几天，我终于

又可以顺畅地用自己熟悉的语言交流了。本来想在机场睡一觉，结果剩下的时间全部是我和海风在长椅上聊天。

海风现在是在放假，他从法国来到冰岛旅游。来之前，他并没有做太多的旅行攻略。他也是来之后才发现，公交车没有了，打车居然贵到他无法承受，所以他才决定像我一样在机场坐一晚上，到了早上六点多，有机场巴士的时候再进城。

他在来之前，在沙发客网站上找到了一个愿意接收他去住家里沙发的雷克雅未克的姑娘。他问我住哪里，我告诉他我在网上订了一间青年旅馆。他说冰岛的物价非常贵，住旅店通常要200美元以上。我告诉他，我订的青年旅馆只要不到40美元。他很惊讶，原来冰岛也有这么便宜的旅店。

接下来的时间，我们开始用我拿的旅游资料研究我们要去的地方。他帮我做翻译，我们确定了这几天的行程——先去看图片上非常漂亮的蓝湖，然后再去冰湖，最后去黄金圈看瀑布和间歇喷泉。他惊讶于我对旅游线路的设计和旅游景点如此了解，而我也正希望有一个英文好的人，在我旅行的途中帮我做翻译。

于是我劝他："不如这样，反正你在冰岛待的时间也挺长的，你可以先去我住的旅店住一夜，我们明天一起去冰湖旅游。之后的时间，你可以继续按原来的想法自由地旅行。"他欣然同意了。

天亮了，六点钟终于有巴士了，我们花了4 500isk（折合人民币200多元）买往返巴士票去市区，找到我住的海边的青年旅馆之后，正好青年旅馆有空余的床位，于是海风也订了一张床。他对我最惊讶之处也在于居然在不懂英文的情况下还敢去那么多的地方旅行。他说他绝对不敢在不懂英文的情况下走这么远。

在与酒店前台沟通的过程中，他发现我在寻找线路和比较价格时非常艰难，于是他帮我完成了在众多旅游公司里选择旅游线路、选择价格和订合同的任务。

　　冰岛这家旅店里有一本旅游手册非常好用，里面刊登了冰岛的各种旅游景观，还有各个旅行社的价格。在选择首站去蓝湖旅游的时候，我们订了当天下午的车，没有选择专门的旅行团，只买了一张2 500isk（折合人民币125元左右）的往返车票。

　　从图片上看，蓝湖是一个非常漂亮的火山湖，它位于首都雷克雅未克以西一个多小时车程的地方。在去蓝湖的路上，我好像回到了侏罗纪时代，到处都是被青苔覆盖的黑色的火山石。走着走着，我发现前面有白色的烟在升腾；其实那不是烟，而是水汽。越走越多，汽车终于停在了一个蓝雾蒸腾的大湖边，我们下了车，沿着黑色的火山炭石向湖边走去。

　　想不到风特别大，吹得我们身上的衣服都飘了起来。随车坐的其他人都穿了毛衣等秋天的服装，只有我和海风穿的是单衣，海风已经被风吹得哆哆嗦嗦。尽管如此，我们看到蓝湖依旧非常激动。我用手中的Video拍摄他在湖边哆哆嗦嗦的表

冰岛蓝湖

情，在让他帮我拍视频和照片的时候，他已经冷得手都拿不稳相机了。

我以为游览蓝湖只是看这样的湖面，可是远处湖水里有点点的人头在晃动，看来这里还可以泡温泉。我们随着其他人往前面走，在蓝湖的一角有个建筑，跟蓝湖是连在一起的，这里就是泡温泉的入口。这一路多亏有海风在，所以沟通起来没那么艰难，他帮着去排队、问价格、问哪里去脱衣服、哪里去租毛巾。

洗温泉的门票是35欧元，也就是人民币280多元。那天在蓝湖，我们泡了四个多小时。在湖水里，我们一定要做的一件事，就是要用蓝湖的火山灰泥美容。大家把湖水中、井里的火山灰挖出来涂在脸上，结果弄得都像花脸猫一样。在热腾腾的水里游上一个小时，再把脸上的火山灰洗掉，顿时觉得脸上滑嫩了很多。

蓝湖的温泉对关节炎也有很好的疗效，我昨天晚上在机场熬了一夜，浑身疲乏。下午在蓝湖一直泡到傍晚，人立刻就精神了许多。我不想放弃这次游蓝湖、记录蓝湖的机会，虽然我在世界上很多地方泡过温泉，但是在像这样的蓝色的温泉湖里泡澡还是第一次泡。

我之前有送魔术头巾给海风，海风希望我在湖面上变换我戴魔术头巾变不同的戴法，然后他帮我用相机拍了下来。

泡着泡着，不知不觉四个小时过去了，我们买的是往返车票，回程的时间到了，我们慌慌张张地从水里爬起来，穿上衣服去外面等车。去车站穿过黑色的火山石山路的时候，风越刮越大，真是非常冷。其他人虽然穿了毛衣或者羽绒衣，还是抵不住冰岛的强风。

在等车的地方有一个小小的房子，很多人挤在房子的侧面，避免风直接吹在脸上。而在这其中，穿得

在美国芝加哥

最少的我和海风冻得更是苦不堪言。在门口并没有发现我们来时的巴士车，我们担心是不是车已经走了呢？我和海风在风中望了几遍，只要有车过来我们就过去看。可是别人看了我们的票都告诉我们说，这不是他们公司的车，我们已经错过了返程时间。

冰岛蓝湖泡温泉

我们开始疑惑，难道车提前走掉了吗？我看到远处停了一辆中巴，可是那辆中巴的号码并不是我们来时坐的车的号码。我就说，会不会是这个车呢？海风过去看了一下，他说应该不是，好像公司的牌子都不一样。

我们又在风中等，可是还是没有来车。这辆车就要走了，我说不行了，天已经黑了，如果再不坐车的话，我们两个就会被遗落在这荒郊野外了。我们上去把车截下，车里的人已经快满了，可我们还是挤了进去。我们把票给司机看，司机看了一下也没有表示反对，于是我们就坐上了这辆车。后来又来了两个人，挤在走道里，一直往前走。直到回到城内才知道，我们所坐的车没有来，不过车票与这辆车可以通用。这一路，海风在不停地问，车会把我们送到什么地方？

我们回到旅店以后又饿又冷，在青年旅馆的门口没有餐厅，我们向斜对面的海边走去，终于找到了一个汉堡店，舒舒服服地吃了一顿暖暖的汉堡包。

第二天，海风离开了，要去到他原来预订的沙发客的家里住，我开始筹划我特别想去的冰湖。从首都要坐六个小时的车，这一路又跟一些语言不通的白人开始新的旅行了。我在想，如果能讲中文的海风能够继续跟我走一程，该多好啊！

不管怎样，我还是感谢海风。在我抵达冰岛的第一天，需要搜集各种旅行资料的时候，他给我做了最好的翻译。我只能说，我至今仍然很感谢在旅行中帮助我给我做翻译的那些陌生的驴友。

7

最近这些年为了给不懂英文的人摸索解决问题的方法，我宁可把时间用来学习英文以外的其他语种的那几十句搞笑外语，也不会主动去把英文学好。其实，如果我把这些时间用来好好地学一学旅游英文，那么我自己的旅行就不会遇到那么多麻烦了。

但是我在想，如果我真的可以用英文交流了，我还会有动力去帮那些不懂英文的驴友们摸索怎样旅行的方法吗？我也承认，不懂英文会让你的旅行变得不那么深入。但是如果你在之前会看很多关于这个国家的书，或者向当地的华人多了解一些这个国家的文化历史，或者找一个给你当翻译的人向你细心地讲述该国的历史、风俗人情，这些问题其实都是可以解决的。

即使是这样，有一些看了我的微博、博客，或者在电视上看过我讲旅游故事的人仍然会留言，我不信你走了这么多国家，就真的不会英语？就算是你不想学，走得多了，也应该是会讲一些英文了吧？

关于这个问题，我想说我不懂英语你们也不一定会相信。

2013年3月，我征集了一个驴友——来自广州的阿超跟我一起去南太平洋岛国萨摩亚。他在跟我完成了这次旅行之后，当我说到有人认为我是懂英文而故意说不懂的时候，他说，你真的是不懂英文，这一路的旅行我可以证明。

在去萨摩亚之前，我在"啪啪"上发了一条语音，我说在结束黄金海岸旅游局对我的邀请之后，我一个人要去太平洋岛国萨摩亚。为了节省在萨摩亚的吃、住、行的费用，我希望找一个驴友跟我拼吃、拼住，这样旅行的费用就都降下来了。给我留言想要跟我去旅行的粉丝非常多，我在众多报名的粉丝里之所以选择阿超，是因为我希望这个跟我去的人能够顺利地拿到澳大利亚的签证，因为我的萨摩亚旅行出发点是从澳大利亚的布里斯班。

虽然阿超旅行的经历很短，但是不久前他曾经去过澳大利亚的珀斯看望他的同学。还有一点，我当时住在广州，而阿超是广州人，在出发之前我们可以就酒店、居住等订票事宜一起商讨。我选定阿超之后，告诉了他见面的地点，他带着太太和儿子找了一家西餐厅，我们见面了。他告诉我，他的英文只懂一点皮毛，全程的旅行可能都靠我这个非常有经验的人来做决定了。

可是当我们一起订机票、订酒店的时候，我把订机票的网站天巡网告诉他，还有青年旅馆的网站给他的时候，他发现原来在订的过程中如果找不到中文网站，我需要逐个逐个的单词通过苹果软件来翻译，还不如他直接按照我的方法去订更快一些。这时候他才说，你真的不懂英文啊！

我们从澳大利亚抵达萨摩亚之后，开始了萨摩亚之旅。那一天不巧正好是周末，萨摩亚是一个信奉天主教的国家，所有的店铺和办公室都关门了。我和阿超想在街上寻找一家旅行社，订去往其他岛屿的船票或者是巴士票，可是却没有一个店铺开门。在炎热的萨摩亚首都阿皮亚大街上，走几步就浑身冒汗。这时有一辆小轿车停在了我们旁边，从小轿车里钻出了一个又高又胖又黑的女人，这个女人一边擦着汗一边问我们，是不是想去旅游？

接下来，英文的沟通全部由阿超来磕磕绊绊地完成了，至少他还能讲；而在这个过程中，我只能做判断。所以阿超每问到一个问题就翻译给我听，我来判断这个帮我们找出租车、收我们的钱，要带我们去旅游的人的话哪些是真诚的，哪些费用是带有欺骗性的。这一路，阿超都在翻译。

当游完萨摩亚，我回到澳大利亚，而阿超前往斐济去看他的朋友时，他的英文已经长进了很多。他也是第一次自己出来自由行，不仅没有其他的人给他做翻译，反倒还要用并不流利的英文给我做翻译。之前在西澳大利亚珀斯旅行的时候，他是跟他的太太一起去的，他的太太是一位英语老师，所以都是他的太太给他做翻译。

这次的萨摩亚之旅面临着很多问题，萨摩亚是一个很小的国家，首都阿

皮亚只有三条街。我们刚到的时候又赶上周末，一些店铺和办公室都没有开，所以在这里咨询、找人都非常地困难。我们遇到的这个胖姑娘，她跟阿超用英文讲述，她是某个旅行社的工作人员，我们所提出的一切旅游条件她都可以满足。她可以帮我们找车、安排行程。阿超在向我征求意见，决定是否跟她的时候，我提出要求去她的办公室看一看，因为她提出要让我们先把钱交给她，她才方便安排第二天的司机来接我们，可是她告诉我办公室今天没有人，最后我还是说，没有人也要去看一看。

她开着车把我拉到了一所学校，在学校里转了一圈又开了出来，最后来到了一片居民区，在一个简陋的板房前，把一个20多岁的小伙子拉了出来。她告诉我，这个是明天接你们的司机，最后我们还是把第二天环岛游的钱给了她。

事实上我已经知道，她不是什么正规旅行社的工作人员，应该就是我们中国常说的野导游。从她讲话的技巧来看，她抓住了萨摩亚这个国家每到周末因为宗教的

萨摩亚同行　阿超（左）和我

原因大家都休息，当有游客在周末来到这个国家，找不到地方去租车的时候，她就可以从这些人身上找到赚钱的机会了。

我们完成了这个交易之后，她说要请我们吃饭。我问她，如果请吃饭，最好到你家里去，吃当地的食物，我也想借此了解一下萨摩亚这个国家的居住、饮食和民俗。

她告诉我说，她是一个人住，她不做饭，而是要买些食品给我们吃。我觉得这样就没什么必要了。

她又反过来说，你们也要请我吃饭。我觉得萨摩亚这个国家收入这么低，不会花太多的费用，于是就答应了。

第二天，在约定的吃饭的时间黑胖姐出现了，她精心地打扮了一番。我提出地点由我来定，可是她坚持要由她来选吃饭的地方。我想作为本地人，她应该了解当地哪家的餐馆好吃，于是我也同意了。

她把车开到了一个中餐馆。头一天到达萨摩亚的时候，我曾经考察过萨摩亚的餐饮情况。我先是去了一间中餐馆，发现那里的中餐非常贵，点一个菜至少要50元人民币以上，而当地人的收入平均每个月是1200元人民币，这在萨摩亚普通人是消费不起的。

那次我又去找到了一家小的快餐店，发现只要人民币十几元钱，就能吃一个盒饭。在那个店里，有很多的当地人在吃饭。而这次她带我来的酒店比昨天我去的中餐馆要大一些、豪华一些，怪不得她带我们来这里，这应该是萨摩亚最好的一家中餐馆吧。

黑姑娘昂首挺胸先走了进去，我们跟在后面。店里几乎没有

食客，虽然是中餐馆，但是也看不到中国人，只看到一个黑人小伙子。黑姑娘指挥他给我们倒水，然后拿了菜单，上面有中文。我对阿超说："我们来点吧。"结果黑姑娘说她来点。

菜上来了，盘子非常大，她点的都是肉、虾肉、鸡肉、牛肉，她自己像主人一样，大口大口地边吃边指挥我们："不要客气，不要客气。"已经有三大盘菜了，我们三个人应该够了，可是她又拿了菜单继续在点。当第四盘一整只鸡上来的时候，她向服务员要了一个塑料袋，直接就把鸡倒进了塑料袋里，她这是不等我们吃就打包了呀！之后上的两道菜，阿超刚要吃，黑姑娘一把夺过去，又倒进了她的塑料袋里，然后嘴里一直说着："是不是很好吃？是不是很好吃？"

到了快买单的时候，她一抹嘴，去厕所了。

在这样一个贫穷的国度，我当时在想，三个人一餐饭，即使是50元钱一盘菜，我们四个菜也够了，200元钱应该是会吃得很好，可事实上这一餐吃了将近500元钱。平时我在国内吃饭特别不喜欢浪费，而在国内请客我也很大方。但是在国外旅行的时候，如果是跟做我生意的人，在我这儿赚了钱一起吃饭的话，我们都会守一个规矩，叫作AA制，这也是从很多西方人身上学来的，这是比较公平的一种行为。当然，在其他方面，如果对方的服务各方面做得好，我可以送他礼物。

这顿饭我们吃得有点不愉快，因为吃饭之前她直接让我给她几天旅费的时候，又多要了几十元钱。在接触中我已发现了这个女人的精明，在之后的旅行中，我碰到了一个同样像我们一样，把几天的旅行费都交给她安排的以色列人。那个以色列小伙子告诉我，黑姑娘是按天向他要钱，结果这个小伙子十四天的旅行，一路都在节省，最后所有的钱都被这个女人通过各种途径拿走了。因此，旅行时尽量不要把钱交给别人来安排，以免花了钱却没有享受到应有的待遇而心情不愉快。

8 寻找速成当地土语的妙招

　　在旅行中，我发现光靠肢体语言比画是不够的，最好是学一些当地的小语种。因为我正在摸索英文以外的妙招，所以这里所指的语种更多是非英文的语种。

　　其实要想入乡随俗，让对方最亲切的不是你能用英文跟他对上几句话，而是用他最熟悉的方言跟他对几句话。就好像我们走在北京大街上，对面来了两个问路的老外，一个老外用英文问长安街怎么走，而另外一个老外则是用北京话问你长安街怎么走。你更喜欢哪一个人呢？当然是喜欢能够跟你讲方言的那个老外了，因为英文本身也是外来语。

　　所以我在出国旅行的时候，我希望也可以做那个讲当地话的老外，让他对我有一种亲切感。可是到底要学多少句土语才会比较容易解决基本的问题呢？我常学的也就是三四十句当地话。比如"您好""谢谢""麻烦你"，还有各种吃的、喝的、问路的，当然一定不能错过的是夸对方漂亮的话，更不能错过的是诸如"多少钱""便宜点"这些购物最常用的当地语言。

　　我出国是以旅行为主，

送萨摩亚人头巾

在小岛上找到语言老师

经常是头一天在一个地方，第二天有可能就到了另外一个地方，没有太多的时间来学习并记住这些当地话。那么我能够做到的仅仅是在抵达这个国家的时候抽出两个小时的时间，把我要学的那三十多句当地话学会。

可是这么短的时间，怎样记住这几十句当地话的发音呢？我想了一个办法，把它们变成发音接近的中文词，最好是能把它变成有搞笑氛围的中文词，这样的话我就容易记住了。比如说马来西亚话"谢谢"，它的发音是"dei ni ma kai xi"，这个词我是记不住的。我就充分利用自己当过电视编导的经验，把它编辑成一句接近中文发音的话"带你妈看戏"，这样的话我就容易记住了。而马来西亚人常吃的"椰浆饭"，它的发音是"lai si ni ma"，我把它翻译成中文"辣死你妈"，这样我就轻易地记住了。

虽然用这些与中文相近的发音不是很标准，但是正是因为不标准的发音，让当地人听起来觉得好笑。他首先听到你的发音，会觉得很欢乐，于是陌生人之间的尴尬和害羞就被这种欢乐的气氛驱散了，人也变得亲切起来。

在我的博客上，有很多文章是关于一些国家小语种的中文发音，里面有很多内容是被我翻译成了搞笑的中文单词来代替这个词语。我把它发在博客上，是希望让其他想去这个国家的驴友很方便地学习这些常用的当地话。

除了发在我的博客上，我还会精选那些去的人比较多的国家的这种无厘头中文式外语文字，印在我自己设计的魔术头巾上，让那些戴我的魔术头巾出国的人，见到一个当地的人，只要拉下戴在脖子上的魔术头巾，就能够看到常用语的中文发音，你就能够脱口而出当地话。因为发音不标准，有可能对方第一次听到你嘴里吐出的话是听不懂的，但是你多说两遍，他就能够听懂了。

跟萨摩亚人学当地话

在斐济闯入渔民家里，向他们学当地语言

我在拉脱维亚旅行的时候，因为一路在发微博，通过英国伦敦粉丝的介绍，得到了拉脱维亚当地一个华人马涛的电话。他来自北京，在拉脱维亚娶了当地姑娘做老婆，也开了自己的餐馆。到了拉脱维亚之后，我第一天下午抽出了两个小时的时间，去马涛的餐馆跟他见面。他当时正在郊外，在他从郊外回餐馆的这段时间，我就抓紧时间跟他餐馆里的拉脱维亚姑娘学习拉脱维亚语。

我现在的旅行，只要是一个人自由行，都希望在抵达的当天，能够找到教我当地语言的老师，学上几十句当地话，这样后面的几天我在旅行的时候就可以不经意间说出一两句当地的话，会给旅途中接触的当地人非常惊喜的好感。

在向拉脱维亚姑娘学拉脱维亚语的时候，我发现她能够说几句简单的中文，这也是因为她在中餐馆打工耳闻目染的原因吧。这种情况下，跟她交流和学习当地的话，就更容易一些了。

此外，我在萨摩亚也找了当地的人学习萨摩亚语，也以我的魔术头巾做交换条件，让当地人教我他们的语言。在斯洛文尼亚旅游的时候，我也向所住的家庭旅馆的男主人学了很多句斯洛文尼亚话。

有一些人会问我，你做过编导，你可以把不同的外语发音编成一句发音接近的具有喜剧效果的中文，可我们没有做过编辑的人，怎样去完成这一部分幽默又容易记忆的学外语的方法呢？

我告诉他，其实非常简单，你只要随身带一个电脑，当对方把他的发音说完之后，你在搜狗输入法中把拼音输进去，我们的电脑就会出现联想功能。如果发音是一样的，有相似的中文词，它就会弹出来。如果你觉得这个词不够搞笑，或者是这几个发音组成不了一个词，那你就去掉后面或者前面的一个发音的拼音，看中间的能不能组成一个词。如果能组成一个词，你就把前面或后面的发音变成单独的一个发音，加上中间的一个词，用这样的方法来记忆，也比记几个没有任何连接的发音容易得多。

如果在打字时，它的发音还不能联想成一句中文的话，那么你就换一下拼音，让它的发音中的一个字变成接近这个发音的另一个字，这样也许它就能联想成一句中文了。下面来看一看我在旅行中学习并分享给驴友们的各种搞笑的外语文章吧。

（1）用搞笑无厘头中国话融入马来语

谁说不懂外语不能出国，英文不行，到国外后就找当地人集训一些实用的当地话，这种方法可比蹩脚的英语更容易亲近当地人，用搞笑中文记住的当地话即使不准，在笑声中对方反倒觉得你更可爱、可亲，隔阂也不见了。如果你想去马来西亚，不妨学习一下我为你准备的实用易记的中国式马来文，不仅让你快速融入对方国家，还可以帮你成功杀价省钱，好处多多！

① 问候语：

谢谢——带你妈看戏（别以为这是骂人话，带你妈看戏，是为人民服务呀！所以你要谢谢我。）

你好吗——阿爸可怕（这话要笑着说，虽然人家阿爸生气了，估计是带人家的妈看戏时，忘了告诉人家老爸，下次注意！）

好——罢股市（股市亏了股民不少钱，对！罢了它！这是好事。）

这款妙招是速成多国问候语

先生——短短（说你短，不是嘲笑你，是尊重你呀！）

女士——胖胖（马来女人连游泳都不露体，吃胖点怕啥？衣服从头包到脚，谁看得见？）

很漂亮——脏爹（说人家的爹很脏，居然人家还很开心，你说这世界是不是疯了？哈哈！）

很帅——咔嚓（快门声。很帅就一定要摆Pose，拍照片嘛。）

② 砍价及实用语：

便宜点——母拉稀给他（要把老母跑肚子拉的稀给人家，真恶心！这是砍价吗？）

多少钱——不如爸另计（这"另计"倒是与钱有点关系，不过老爸的另计，老妈的怎么算呢？）

好吃——色胆（"色胆包天"居然不是骂色狼，而是夸厨师或者点菜的人。）

椰浆饭——拉屎你妈（或辣死你妈，前一个臭死你，后一个气死你，都够恶毒的。）

去厕所——簸箕样板（你就记住去厕所买簸箕，人家不卖，因为是样板。）

很臭——爸捂（连一家人中最坚强的老爸都捂鼻子了，你说能不臭吗？）

笨蛋——搏斗

③ 称呼：

我——傻呀（没见过这样骂自己的。）

妈妈——一步（每一个人的第一步都是在妈妈的指导下完成的，所以一步是妈妈。）

爸爸——爸爸（只有这个不用学。）

弟弟妹妹——阿爹（弟弟妹妹的辈分怎么跑到你的头上去了？奇怪！）

爷爷——大豆（大豆好吃，爷爷嘛，老皮老脸的，我估计不好吃。）

奶奶——捏捏（是奶奶，不是奶子，不要见了这个字就想捏！流氓！）

姐姐——嘎嘎（怎么这个姐姐像鸭子在叫？莫非春天来了？）

儿子——安娜（这是称呼儿子吗？怎么是《安娜·卡列尼娜》中女主人公的名字？）

最后教你们两句你们最愿意说的：

我爱你——阿姑劲大卡母（哦，我明白你姑姑为什么打你妈，还卡你母亲的脖子了，因为她劲大，不怕输。）

我喜欢你——杀鸭输嘎嘎木（喜欢你就要把你当鸭子一样追杀，输了就嘎嘎叫。）

（2）用搞笑意大利语快速融入意大利

在意大利佛罗伦萨名牌折扣店买衣服，我进店门先说"抄"，然后就叫"款多发"，最后要"割了洗牙"。到底是什么意思？你在下面找找答案吧！想来意大利旅游的"梦走族"们也可以未雨绸缪了。

① 饮食方面：

面条——怕死它（嗨！意大利面条有什么好看的？）

好吃——故事哆嗦（听了故事打哆嗦，难道是恐怖故事？我可是第一次听说故事还能吃，而且好吃！）

面包——怕内（怕内人，不就是怕老婆吗？怕老婆等于面包。）

鸡——菠萝（把特殊女人喊成"鸡"倒是好理解，把鸡喊成"菠萝"是不是暗示你想水果想疯了？）

鱼——被喜爱（今年网络流行"被"怎样、怎样。想不到意大利语也赶上了网络的时髦。）

牛肉——木噶

西红柿——巴默堕落

辣椒——掰掰龙气落

刀子——哭了灯咯

叉子——佛啦k达

水——阿挂

茶——嘚（dei）爹

葡萄酒——唯一挪

红葡萄酒——唯一挪弱所

牛奶——辣嘚啊

② 问候与称谓：

你好和谢谢——抄（见人就抄，抄啥呢？不是打小抄吧？那可是作弊呀！傻蛋！）

干杯——轻轻（估计意大利的杯子不结实，所以要对人说"轻轻"。）

先生——心尼奥得嘞

是的——信

我——一右

你——吐

朋友——啊眯购

朋友们——啊眯汽

姑娘——啊眯卡

姑娘们——阿眯k

小伙儿——拉噶锁

漂亮——白拉

姑娘漂亮——白拉啊眯卡

帅哥——白拉螺母

妈妈——妈得嘞

爸爸——怕得嘞

兄弟——弗拉忒咯

姐妹——缩啊雷啦

③ 常用词：

明天——多骂你（这个更雷人，我宁愿你别跟我提明天）

今天——凹吉

多少钱——款多发（四声）

回来——托拿得嘞

走——安达得嘞

我爱你——踢啊墨

我爱你们——巫医啊墨

便宜——a抠糯米

酒店——阿尔败了狗

睡觉——多嘞蜜嘞

厕所——拉袜得嘞

房子——卡（四声）萨

家庭——发蜜呀

左边——稀泥死了（啊？稀泥也能死呀？怎么啥都有生命？）

右边——嘚（dei）死了

直走——地利多

快乐——费力切（使劲儿切菜真的很快乐吗？难道是为约会做饭而切菜？）

飞机——哎力欧

飞机场——没了（你是说旅程没有了，就因该去飞机场滚蛋去了吗？别那么恶毒好不好！）

银行——办卡（这个靠谱，本来办卡就是要去银行的。）

钱——说了地

名字——糯妹

什么——贝勒k

④ 数字：

号码——奴妹诺

0——贼罗

1——屋诺

2——都尉

3——得嘞

4——袜嘟噜

5——金贵

6——晒衣

7——谁嘚（sei-dei）

8——奥拓

9——挪威

10——递耶区

11——嗡爹区

（3）用搞笑无厘头方法学巴基斯坦话

谢谢——诉苦抵押（在巴基斯坦，每当别人帮助了我，我就必须向人家又"诉苦"又"抵押"的，没办法。诉苦是礼节，抵押是风度嘛！）

你好——阿伯尅死狼（在卡拉奇，见到老头叫"阿伯"，见到老太太也要叫"阿伯"，连见到小女孩也要叫"阿伯"，最后还要"尅死"人家，真够"狼"的。但是人家越听越开心，因为这是对人家最好的问候。）

你来自哪里——啊？尬哈谁狼（怎么像是东北话：干什么？谁狼？）

麻烦你——抹布戛纳（那个法国著名的电影节，加一条抹布，在巴基斯坦就成了"麻烦你"的意思了。）

再见——鼓捣阿飞死（你看你，鼓捣来鼓捣去，把张国荣演的《阿飞正传》里的阿飞鼓捣死了吧。不再见也得再见了！）

多少钱——给他拿（"行走40国"怎么感觉这不是问商家，倒像是在打劫）

便宜——累呀呀特（要想便宜，就得受累！）

你很漂亮——阿伯姑婆输了特狼（见了美女，你就要叫"阿伯"叫"姑婆"还要说"输了""特狼"，美女不但不生气，还很开心。）

我爱你——买表可邋遢虎（表达"爱"要先"买表"还要邋邋遢遢、虎啦吧唧。）

送给你——逮啦（被逮捕了，才能送给你？）

幸福——鼓气（幸福先要鼓气？）

飞机场——爱娃姨挨打（去机场，要告诉司机爱小孩的阿姨会挨打。）

很脏——跟哒

吃的——戛纳（原来法国的戛纳很好吃）

好吃——戛纳八号特阿咋黑（戛纳电影节真的有黑幕？）

不好吃——戛纳阿咋那黑（少了八号就不好吃了。）

油饼——布拉达（巴基斯坦早上吃的食物。）

干饼——不累特（中午和晚上的主食。）

买单——被单呢（吃完饭别忘了"找被单"。）

（4）用搞笑中文融入拉脱维亚

我在Gallery riga顶层Soho中餐馆收获不小，学到了这些拉脱维亚语：

谢谢——把你爹压死

不客气——饿露珠

再见——为首辣不

你好——卡带胃夜特

谢谢——把你爹压死

我很好——慢爷特辣呗

高兴——不猎饥渴死

早上好——辣步饿力特

晚安——阿得儿拉不那刻弟

我爱你——爱死带味汩罗

多少钱——即刻倒塌

便宜点——来搭客

厕所——肚捂娃来特

厕所在哪——呼噜夜乐

左边——爸各类信

右边——疤瘌逼

看了上面这些学习外语的方法，你也许会对此不屑，因为发音并不是很准。但是我们作为旅行者，去其他国家旅行，发音准不准倒不是非常关键，因为我们毕竟不是专业的翻译。而旅行的目的只要能够达到沟通，能够让对方明白自己想表达的意思，这也就足够了。

9

如何寻找我的外语老师

在不同的国家旅行，学简单的当地话其实是一个非常快乐的过程，也是与当地人接触的一次绝好的机会。很多人会问我，你是怎样找到愿意教你当地话的老师的呢？在这里，我把自己的经验跟大家分享一下。

首先要找合适的环境去学习，我们不可能在匆匆忙忙的人流中去拉一个人给我们做老师，教我们他们的语言。我所找的环境应该是那里聚集了一些没有什么事的当地人，比如说公园，我很多当地话都是在公园里，或者是在餐厅吃饭的时候跟当地人学会的。

2009年，我来到了缅甸。到达缅甸仰光的时候是中午，我从机场来到市区，下午我参观了这里非常出名的大金佛。我希望在这第一个半天，先找到一个当地人教我几十句简单的缅甸话，晚上我再坐车去往曼德勒，可以一路消化和吸收新学习的当地语言。

在大金佛寺庙内，我看到一些当地人把这里当成了野炊的地方。通常在其他的国家，寺庙是非常严肃的，很少有人在寺庙里面吃东西。可是在缅甸

跟拉脱维亚姑娘学拉脱维亚常用语

在仰光大金寺瞄准这对中年夫妻，成功搭讪，让他们教缅甸话

这个遍地寺庙的国家，人们除了来寺庙拜佛，也有不少当地居民把它当成一个周末野营、休闲的地方。在其中一间寺庙的地板上，我看到了一对40岁左右的夫妻和几个儿女在吃饭，在地上铺了几张报纸，纸上摆着他们带来的饭和提前做好的蔬菜。

　　我寻找当地老师的原则是在人们悠闲的地方，因为这里具备了最合适的条件。要寻找的作为老师的对象最好是中年妇女，我很少会找一个外国的小伙子来教我当地的语言，因为我认为最可靠的不是当地的年轻人，而是当地的家庭妇女。当她们做了妈妈以后，她们会比较有爱心，而一些年轻人往往是留恋城市，从乡村或者远方来到大城市的，他们背负着压力，要找工作，要在这个城市居留下来，当然也就没有那份耐心。

　　我在这些陌生人中看中了一对夫妻带孩子吃饭的家庭，于是我决定上去搭讪。我希望做我老师的人最好是中年妇女，如果她是带着小孩的中年妇女，那就更好了。因为孩子的笑点低，当我用表演魔术头巾的方法去吸引孩子的注意力的时候，孩子如果发现，见我手中的一个小小的头巾会变出这么多的花样，他就会很开心，他也会很喜欢我手上的这个魔术头巾。那么这个时候我就可以把魔术头巾送给他，

从而拉近与他妈妈之间的距离。

　　在大金寺我如法炮制，选择了这个家庭，在他们旁边坐下，开始表演魔术头巾。很快，他们的孩子注意到了，我把魔术头巾送给孩子。有时候家长不让孩子要，但是作为不懂事的孩子，他喜欢的东西他就是想要，如果不让他要，他可能会哭。而整个过程是最好的接触当地人的机会。

　　当我表演完之后，他们一家人很开心地看着我，我也看着他们吃的饭。我拍了拍肚子，表示我还没有吃饭，于是男主人非常热情地让我坐下来跟他们一起吃饭。在吃饭的过程中，我递上我自己的地图，问他们去曼德勒在哪里坐车，怎么走，他们指给我看。而在这个交流的过程中，我们的陌生感已经没有了。

　　我从面前摆的饭菜开始学习，我先指着那一盘鱼，用中文告诉他们，China，鱼，对方就明白了，这个鱼在中文里发音是"Yu"，在缅甸话里发音是什么呢？于是他们开始告诉我缅甸话的发音。我又指着地上的杯子告诉他中文发音是"Bei zi"，缅甸话是什么呢？他们就开始告诉我。就这样，我拿出了电脑，用搜狗输入法的联想功能，把缅甸话组成中文词，如果能够把发音改成搞笑的中文词那就更好了；如果连不成中文词，就用它本身的发音来记录。

这次不仅学会了简单的缅甸话，而且我提出想去看看他们的民居，这一对夫妻同意了。所以之后的旅行中，我用这样的方法不仅找到了当地的老师学习当地话，礼尚往来，我也教他们中文。有一些人在之后还带我去他们家里参观，甚至把家里的一间房腾给我，让我在那里免费居住，而我则送些中国带来的礼物，最后我们成为了朋友。

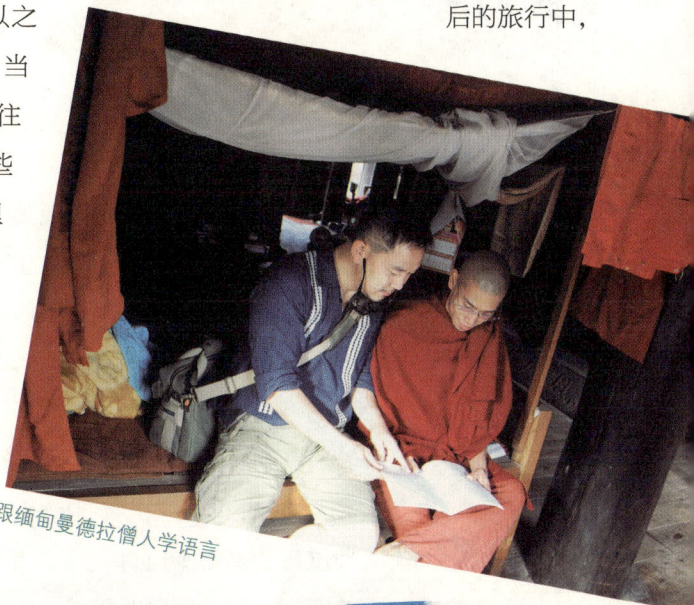

跟缅甸曼德拉僧人学语言

10 穿当地衣入乡随俗

在国外旅行，虽然不懂英文，但是我总是希望能够学习一些小语种，深入当地人的生活，如果想在外表上接近当地人，最好再买一套当地的衣服穿上，让当地人明白我是认同他们的文化的，他们就更愿意跟我接触了，这就是所谓的入乡随俗。你想想，如果在中国，迎面走来一个白人女性，穿着一身旗袍，你也一定会对她产生一种亲切感吧。

在我的博客里，不少读者记住了我披着中东的头巾在沙漠旅行的画面；也有一些读者看到我在俄罗斯，戴着俄罗斯的军帽，围着厚厚的围脖，在冰天雪地里旅行的照片，他们说我真的很像俄罗斯人。

在圣彼得堡买了一套编织围巾，很暖和

2007年，我第二次来到俄罗斯。第一次来俄罗斯是2001年去俄罗斯远东的海参崴市，我遭遇小偷，把我偷得一分不剩。而第二次来到俄罗斯，我先去了莫斯科，后来去了圣彼得堡。我个人认为，这个时候我已经又多了几年的旅行经验，我想入乡随俗地穿上当地的服装，被小偷盯上的机会就会少一些，因为很多人会把我这个穿着当地服装的外民族的人当作当地的华人。

在圣彼得堡，我终于买到了
我喜欢的俄罗斯军帽，也买到了
俄罗斯当地的厚厚的围脖。当我
穿上这一身出现在莫斯科的阿尔
巴特大街上时，一位开店的俄罗斯
姑娘不停地对我说，你很像俄罗斯
人，她还拉着我，脸贴脸地跟她拍
摄了一张亲密的照片。

在莫斯科向老军人买的俄罗斯军帽

2010年，我在塞尔维亚旅行的
时候，想起小时候看过的一部电影
《桥》，那里面的游击队员的服装我非常喜欢。之后，有了一个机会，我在塞尔维亚
首都贝尔格莱德找到了铁托的墓地。在参观墓地的时候，我发现墓地的一个前厅，
摆了两顶当年游击队员的帽子，于是我在铁托的墓地买下了其中一顶蓝色的帽子。
戴上以后，还真有那么一点像当地的军人。后来我在火车站喝东西，那些店员都热
情地跟我打招呼，指着我头上的军帽
向我伸出大拇指。

在叙利亚买了当地的阿拉伯头巾

这几年我也去了不少中东国家，
在埃及我拥有了第一条中东的头巾，
它在我的沙漠旅行中起到了很好的防
晒、防沙尘的作用。后来去叙利亚旅
游，我又买了一条黑白格的中东头
巾，虽然后来发现这是中国制造的，
但是我仍然很喜欢这条阿拉伯头巾，
毕竟在中国是买不到同样的东西的。

在卡塔尔旅行的时候，我也曾经
想过要买一套中东的长袍加上围巾戴
上，可是买衣服还是太贵了，最便宜
的当然是只买一个头饰或者是帽子。

在瓦努阿图原始部落被围攻，原来是独特的欢迎仪式

在尼泊尔认识的快乐家庭

那次当我买了一条白色的阿拉伯头巾戴在头上，走在街上的时候，不断有迎面过来的当地人向我竖大拇指。甚至在后来去商场逛商店的时候，有当地人走过来，主动地指点我，我的戴法有一些出入，他们热情地上来教我标准的戴法。这时候我才知道，中东的头巾其实不只是将耳边的头巾披下来这一种最常见的方式。在太阳晒不到的地方，也可以把边上的两扇头巾侧面的部分卷上去，卡在头上黑色的箍圈内，这样头巾不会遮挡两侧的视线。

而在中东旅行的时候，我后来认识了几个热情的当地人，都是在路上主动指点我头巾的正确戴法的人。我们的相识从阿拉伯头巾开始。

在卡塔尔买了多哈的白头巾

在孟加拉国穿上当地人的裙子在科斯巴刹海边与小朋友嬉戏

后来又去了约旦、巴林等国，也了解到原来每个国家的阿拉伯头巾是不同的。有一些是黑白格，有一些是红白格，有一些是纯白色的面料。而在叙利亚，是几种颜色都可以混戴的。

穿当地的服装不仅能给当地人留下好感，快速地认识和融入当地生活之中，也让我对这个民族的文化有了一定的了解。

在以色列戴上犹太人的小白帽，来到耶路撒冷的哭墙祈祷

11 不懂英文的尴尬事

在旅途中，我遇见了一个用鸡蛋也能笑死人的大笑话。鸡蛋可笑？ 鸡蛋有什么可笑的？ 但是，我确实被一道鸡蛋食品笑痛了肚子。制造笑蛋的是一个贝都因人厨师，他那饱满的椭圆形的脸也确实像一个开心的大鸡蛋。

事情发生在叙利亚帕尔米拉的游牧民族——贝都因人的帐包（类似我们的蒙古包）内。

夜幕降临，沙漠的气温骤然降了下来。走出旅店，古城废墟在灯光的照射下多了些妩媚的味道，远处高山上的阿拉伯城堡则像一团燃烧的炉火。

在我的旅店附近就有一个贝都因人的帐篷，提供贝都因人的风味餐，我于是借着月光走夜路去品尝贝都因人的晚餐。

帕尔米拉古城被阿拉伯人遗弃之后，中东的游牧民族——贝都因人就来到了这里，在这片沙漠里难得的绿洲上放牧游走。

其实帐篷很近，穿过这片棕树林就到了。

牧民餐像西餐的吃法，一道一道地上，帐篷内已经有很多人占好了位，中国游客也不少。

贝都因老艺人拉起了伤感的琴。"贝都因"（Bedouins）为阿拉伯语译音，意为"荒原上的游牧民"。1976年统计约为1000万人，主要生活在中东

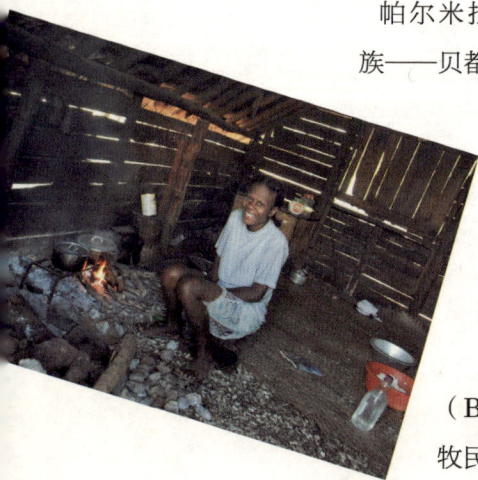

沙漠、阿拉伯半岛和北非，在中东总人口中只占一小部分，却占用着大部分土地。

贝都因人保留着传统的族长制、族内通婚、一夫多妻制等。今天在帐篷里表演的，就是一个男族长带领的团队，男的很威严，他让他的女人跳舞，女人就不能停下来。

一道道阿拉伯食品上来了。由于香料太重，在场有两个中国游客吃不下，就另要了两份面条，男游客要求在面条里加一个窝蛋。一会儿，女游客的汤面上来了，男游客面前多了一个饺子形状的煎蛋，面条却一直没有上来。我以为煎蛋是每个食客一份的，就问服务员为什么我没有？男游客也问他的汤面窝蛋为什么还没上来，服务员指了指盘子："这就是呀！"

男游客说："啊？面条呢？"

"鸡蛋里包着呀！"

勺子拨开煎蛋，里面真的包着一堆面条。全场的食客就地笑翻，哈哈哈……

憨憨的贝都因厨师以为大家的笑声是赞美他的厨艺，害羞中带着得意地说，他终于研究并成功地学会了做中国的"鸡蛋面条"。

从大家落座开始，有中国游客用半吊子英语向服务员表达，想要吃一碗中国的"窝蛋面"，而服务员又把"面"和"窝"用阿拉伯语言转达给憨憨的贝都因厨师，厨师虽然对中国人所表达的意思不是很清楚，但是他还是用自己的理解去琢磨中国人的"窝蛋面"要怎么去做。

后来他灵机一动，中国人喜欢吃的饺子启发了他，于是他自作聪明地把面条从汤里捞出来，再用几个鸡蛋煎了一个大饼，然后像包饺子一样把面条包在里面，封好口。他还固执地相信，中国的"窝蛋面"肯定就是这样的。你说，能不笑痛我的肚子吗？

在瓦努阿图海边部落居然看到中国人送的红双喜茶杯

12

忠告：最好还是学英文

　　虽然我这几年一直在摸索不懂英文出国旅游的方法，也在鼓励不懂英文的中国人不要等着将来条件成熟了再去迈出梦想的第一步。应该有梦就出发，不要为不懂英文等各种困难而踟蹰了自己的脚步。

　　但是对于有条件学英文的人，我还是建议大家把英文学好，毕竟这个世界越来越像一个地球村，交往越来越多，英文也逐渐成为国际通行的语言。而我这些年在周游世界的过程中，遇到的最大的问题仍然是不懂英文这个硬伤。即使是走完了82个国家，每次出发前，我还是会为不懂英文面临的各种问题而忐忑不安，直到人已经在路上了，才会因集中精力解决问题而忘记了出发前的胆怯。

　　当然了，如果你真的不懂外语，又想出去旅行，而不敢迈出第一步的时候，请记住我的一句话：反正不懂外语也不会死人的！我经常去想我曾经的偶像切格瓦拉，当他在古巴闹革命成功，可以舒舒服服地在古巴当一个部长的时候，却放弃了这

在意大利南方的满多利亚夜晚的街头遇到面具人

一切，去非洲和南美洲组织游击队，出生入死。就算是我现在因不懂英文在国外旅行时，遇到很多很多的困难，但是一想到那些当年的游击队员，这点困难或偶尔出现的危险就不算什么了。

在斐济认识了首位旧皇宫的一班士兵

第四章
Chapter Four

签证妙招

当你羡慕我可以自由地周游世界的时候，我要对你说：没有人天生是自由的！自由都是自己争取来的！哪怕是看起来并不好用的中国护照，只要用心准备，也会让外国的签证大门一路为你敞开！

——行走40国旅行格言

1

没有护照咋出国

　　我拥有自己的第一本护照是在2001年1月份。当时新加坡、马来西亚、泰国向中国开放了旅游，那个时候大家只能跟旅行团出行。我通过广东的旅行社代办申请了我人生中的第一本因私护照，去了新马泰。而在2000年，我已经去过了一个国家，那也是我人生中的第一次真正的出国。

　　在没有护照的情况下，能出国吗？当然能了，那时去的是跟我们边境接壤的越南。

　　2000年中国有了黄金周，因为"五一"黄金周去庐山旅游，遇到人山人海的井喷情景，旅行相当不顺利。所以我决定把自己的旅行转向外国。当时到处打听，怎样才能到国外去旅行。后来得知，没有护照，在广西与越南交界的地方，找当地的旅行社办一个边境通行证，也是可以去越南的。

　　于是2000年国庆黄金周我开始行动了，从广州坐火车到了南宁，再从南宁抵达了凭祥，办了边境通行证。从凭祥的友谊关去越南非常顺利，那一次去了下龙湾和河内，完成了我人生中的第一次出国旅行。回来之后就在想，我一定要拥有自己的护照，这样我就可以去更多更远的国家了。

　　2000年，在跟中国接壤的国家中，在没有护照的情况下，除了可以用边境

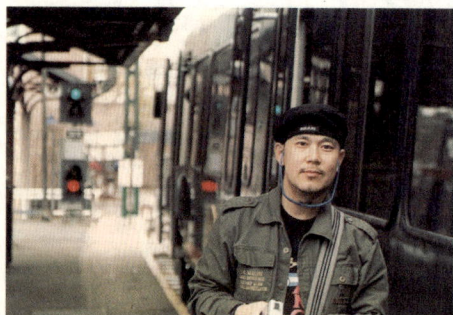

阿根廷火车站

通行证去越南旅游；在黑龙江办边境通行证也可
以去俄罗斯的海参崴和布拉戈维申斯克。另外，
中国的传统友好国家朝鲜，早年也是可以通过办
边境通行证抵达的。1995年，在没有护照的情况
下，我就曾经通过边境通行证进行了一次朝鲜之行。

与朝鲜导游在金日成广场

当时，我在广州电视台做少儿节目的编导，朝
鲜平壤共青团组织带领一批平壤的少年儿童来广州做
交换夏令营；广东省也组织了一批广州市的少年儿童
去朝鲜平壤举办夏令营。我当时作为团省委邀请的电
视节目拍摄人员，
跟随广州参加夏令营的学生坐火车来到北京，从北京转到长春，再从长春转火车到延
边，开始了那次我梦想的第一次出国之旅。当时非常兴奋，因为那里是我父亲曾经
战斗过的地方。父亲在年轻的时候，作为志愿军曾被派往朝鲜打仗，那里长眠着他
的战友。虽然父亲在朝鲜战场负了伤，但是幸运的是活着回来了。20多年以后，反
倒是在和平年代，他在中俄边境的北大荒离去了。

记得那次朝鲜之行，我还带了两个电视台的同事。我们三个在进入朝鲜的头一
天晚上特别兴奋，还专门去延边的桑拿洗了一次人生中最奢华的澡。那是韩国人建
的有瀑布、流水的水疗中心，我们洗去了几天来坐火车的一身疲惫，等着第二天顺
利进入朝鲜。

第二天，我们的车在凹凸不平的山路上走了很久，才到达三合海关，中朝边境
一桥之隔。排了很久的队，夏令营的孩子们先过去了。轮到我们三个电视台工作人
员的时候，我们先走过了中国士兵把守的桥头，又跨过这个桥的中心线，进入了朝
鲜士兵把守的桥头，问题来了。朝鲜的士兵看到我手里拎的大大的电视台的专业摄
像机的机箱，让我打开来给他看。通过翻译我告诉他，我们是电视台的记者，是过
来给孩子们拍摄电视片的。可是士兵让我合上摄像机的箱子，他们通过翻译告诉我
一句话："我们不欢迎记者，请你们回国吧。"

那次的朝鲜之行就这样戛然而止，所以五年之后，当我真正通过越南口岸的时
候，我把越南称之为我人生中真正的第一次出国目的地。那次没有去成朝鲜，我一
直耿耿于怀，直到2008年9月份，我才圆了这次朝鲜旅行的梦想。

2 没有签证咋出国

如果有了护照，在没有签证的情况下，到底能不能实现出国的愿望呢？如果你持的是欧洲、美国，包括港、澳、台等地的护照，很多国家是可以免签进入的。而我们中国内地的护照，很不幸是世界上非常不好用的护照之一，多数国家对我们都要求有签证才能进入；也有一部分国家对我们实行免签或者是落地签。而很多落地签对我们来说，也是不能正常使用的政策。因为即使是某些国家让我们免签证或者是到那儿以后再落地签证进入，但是我们在出境的时候，如果没有我方的出境允许，你也抵达不了能够给你落地签的国家。有些驴友为了去免签的国家，他们会用港澳通行证，先飞到香港，再从香港坐飞机去一些免签的国家。但是这样做其实是有风险的，因为你的护照上没有中国大陆的出境章，在回国的过程中会引起不必要的麻烦。

当然也有一些免签证的国家在国内出境的时候，边防是放行的。比如说2011年我去的太平洋岛国帕劳，

免签国——萨摩亚

它并没有跟中国大陆建交。通过旅行社，我们买好香港飞往帕劳的机票，然后拿着空白护照，无须使用港澳通行证，从深圳出关，如果关口的人问你的签证，你可以把购买的机票和酒店的单子给他看，他会放行的。所以我也是用这样的方法去了帕劳。很多游客突然想要马上出国，在绕不开签证这个关口的时候，往往选择帕劳，也是比较方便的，这是一个无须签证的旅游目的地国家。

　　除了帕劳，我还去了一些对中国人实行免签证或者落地签的国家，而这里面最多的就是海岛国家，比如斯里兰卡、瓦努阿图、斐济、萨摩亚。2002年，为了去马尔代夫和斯里兰卡，怕中国的关口不放行，我曾经办了马来西亚的签证。在所有的国家签证中，马来西亚的价格是最便宜的，只需要80元人民币，其他的多数都是200元以上。拿着马来西亚的签证，我先去了斯里兰卡，在斯里兰卡玩了两天，再飞往离它最近的马尔代夫，开始了那一次最早的海岛度假之旅。

　　去无须签证的国家有几条线路，是我自己尝试过的，比如说太平洋的岛国斐济和瓦努阿图可以连成一条线来旅行。如果你没有去过新西兰，建议三个国家一起去。2011年，我曾计划了斐济、瓦努阿图和新西兰的旅行线路。当时斐济刚刚开通了飞往香港的航班，在这之前去斐济是非常昂贵的，因为要通过韩国或者是日本转机，才能飞到斐济。而这次的斐济、瓦努阿图和新西兰之旅，我最看重的是瓦努阿图。

　　当时我刚刚写完了《中国人你为什么不快乐》这本书，在书中我比较了去过的64个国家不同民族快乐的方法。可

在新西兰惠灵顿与毛利人学原始舞蹈

斐济首都苏瓦小朋友戴上送去的围脖很开心

斐济小朋友争相与我合影

是书出版之后，我看到一篇文章，上面说英国人做过一个调查，世界上最快乐的国家是瓦努阿图。因为在抽样调查的瓦努阿图人中，每一个人都坚信自己是快乐的。当时我非常遗憾，在我的那本关于快乐的书籍里，错漏了瓦努阿图这个太平洋岛国。

于是当我得知斐济将开通飞往香港的航班之后，我就计划了那次先飞往斐济，再飞往瓦努阿图，再回到斐济，再飞到新西兰的旅行。我提前申请了新西兰的签证，在网上也得知瓦努阿图和斐济对中国公民是无须签证的。为了这次没有签证的旅行，我甚至卖掉了我开了很多年的汽车。因为从2000年到2010年这十年旅行中，我不仅花掉了所有的积蓄，还卖掉了自己的房子。放弃工作后花钱的时间多，而我却没有了固定的收入，在这次瓦努阿图和新西兰、斐济之旅计划的时候，我也没有太多钱去支付这次旅行的费用。

我来到瓦努阿图首都维拉港

一部30多万元的丰田跑车，开了十多年后，为了这次瓦努阿图、斐济之行，3.6万元人民币我就把它卖掉了。不巧的是，抵达香港后，在乘飞机之前得到消息，斐济飞往香港的这次首航飞机出现了故障，到了香港就开始进入了维修。航空公司给我们安排了

在香港机场的住处，两天之后飞机才修好，再次飞往斐济。可是我的瓦努阿图被迫取消了，因为斐济到瓦努阿图之间不是每天都有航班的，如果我顺延瓦努阿图旅行的话，那么飞往新西兰的机票就将作废了，那一程的机票费用是我整个旅程中的大头。

2010年，完成了斐济、新西兰的太平洋之旅，我一直对没有去成瓦努阿图这个对中国免签证的国家而心有遗憾。第二年，我接到希尔顿酒店让我在其旗下的不同国家的酒店中选一家住一个星期，写写博客和微博的邀请，我为了瓦努阿图，选择了离瓦努阿图最近的悉尼。结束了悉尼的旅行之后，我再次飞到了瓦努阿图这个太平洋岛国。

维拉港的落日很美，我离开的第二天，这里就发生了地震

来到瓦努阿图的乡村学校看望这里的小学生

3 第一次签证选哪些国家

很多人在微博和博客上问我："我没有出过国，请问第一次出国去哪个国家比较容易拿签证呢？"事实上，除了对中国免签的国家，我个人认为最容易拿签证的是马来西亚和泰国，几乎你申请就能获批，申请的手续也比其他国家简单很多。只需要填一张表，交一张照片，提供身份证明，甚至无须单位证明，都可以获得他们给予的签证。在这两个国家中，马来西亚签证的费用是最便宜的，曾经只收80元人民币。现在通过签证中心来收费，增加了一些费用，不过在众多签证费里，仍然算是比较便宜的。

在对中国人的签证收费这一块，多数东南亚国家会收300～400元人民币的签证费；而欧美收费较高，在1000多元人民币不等。而传统印象中，一些并不富裕的国家却往往在签证这块收费颇高，比如说非洲一些国家和南美洲一些国家。正是因为这样，我们中国游客在出国旅游的时候，跟那些不需要签证的国家游客比起来会变得

缅甸人送我的涂在脸上防晒的木槛粉

不太自信。这些签证不仅费用贵，而且会花费大
量的时间准备签证资料，这也是很多中国人畏
惧出国旅游的地方。

　　如果让我在马来西亚和泰国这两个都适
合第一次出国的地方里，只推荐一个的话，
我会推荐马来西亚。首先马来西亚是一个
旅游资源比较丰富的国家，它由东马和西
马组成，东马和西马多年前是完全不同
的两个地域；而且马来西亚这些年很少出

在泰国学烹饪，拿到冬阴功汤证书

现动乱。从语言上来讲，马来西亚有很多华人，语言交流没
有太多的障碍。即使是跟马来人语言不通，也随时都能找到一个华人来帮你
做翻译。而在马来西亚的槟城，几乎都是华人的天下。

　　泰国虽然旅游资源非常丰富，泰国人也非常友善，但是相对来讲，泰国这几年
曾经发生过"红衫军事件"和海啸等不安全的因素。因此如果有驴友让我推荐第一
次出国应去的国家，我更愿意推荐马来西亚。

苏梅岛的旅伴儿们

4

我的第一次欧洲签

对于想出国的中国人来讲，很多人最希望去的都是巴黎。我也跟这些人一样，在2001年刚刚出国不久的时候，特别渴望去一次欧洲。而在欧洲所有国家里，我最想去的就是法国，想去看一看塞纳河，看一看埃菲尔铁塔。

2001年1月，我获得了我的第一本护照，拿着这本护照，跟着旅行团去了新加坡、马来西亚和泰国。2001年的2月从泰国回来，我就在计划着利用"五一"黄金周去一趟欧洲。那个时候欧洲没有向中国游客开放旅游，怎样才能成功地去法

从埃菲尔铁塔上俯拍的巴黎城

国呢？我开始上网寻找去欧洲的方式。这十几年的
旅行，我经历了入世以来中国人旅行所经历的各个
阶段，在我寻找怎样去法国的时候，我在网络上发
现了一个商旅新网站——携程。

2001年第一次到巴黎

当我在携程网上咨询怎样去欧洲的时候，携
程网给我的答复是，可以用商务游的方式。当时
我还不明白商务游跟普通的旅游有什么不同。他
们的工作人员约见了我，当时我们来到携程网位
于广州中信广场楼上的办公室做了一次面谈。他
们说就是用商务人员出国考察的形式来申请签
证，事实上考察过程本身就是旅游，只是说法不
同而已。而如何能够顺利拿到商务签证呢？携程网的工作人员告诉
我，必须要有法国那边的公司给我发来一封邀请函，我带着这封邀请函去法国驻广
州的领事馆申请签证。

在这之后，携程网帮我联系广州东方宾馆的风行旅行社，他们帮我计划了这次
所谓的商务考察的细节，也帮我从法国拿到了邀请函。他们为我计划的这次欧洲之
旅，是先飞到巴黎，然后由他们联络的一位中国留学生接我，一路上陪我去九个国
家，总费用是1.6万元人民币，这比我想象的少了很多。于是我开始了第一次自己
申请签证的过程。

我小心翼翼地揣着那封邀请函，按约定在某一天下午来到了广州的63层大厦，
找到了法国领事馆。接见我的签证官是
一位女士，当时我非常紧张，这也是第
一次约见签证官。当时她问我为什么要
去法国旅行，我告诉她，我一直向往看
到真正的埃菲尔铁塔和塞纳河，而不是
在书本上，我这次是带着商务考察的目
的去法国。她问我，你的职业是什么？
当时我很紧张，因为我毕竟不是一个商

凯旋门

凡尔赛宫

务人员，我也不是在企业工作，我具备商务考察的条件吗？

　　在经过紧张的一段思索之后，我决定实话实说。我告诉她，我是电视台的制片人，虽然是商务考察，其实我更希望的是用我的眼睛考察法国的电视节目的制作，希望把法国的先进经验带回我自己的工作岗位。那位女签证官听了思索了一会儿，最后告诉我，把护照留下吧。想不到第一次自己去签证，就这样顺利过关了。

　　再之后，我见过形形色色、各种各样的签证官。有些平淡，有些刁钻，有些跟你说个没完，不过都是跟签证有关的话。那一次的欧洲之旅真是叫行色匆匆，16天的时间走了9个国家，平均每个国家连两天都不到。而那次旅行也让我经历了很多我没有经历过的惊心动魄的事，到法国第二天就被关进了黑酒吧，最后成功逃脱。这个故事我曾经在《中国人你为什么不快乐》里提到过。

　　之后在意大利，几乎每一个同团的人都在拼命地买意大利的皮鞋和皮包，花钱如流水。而我出发时认为接我的那个中国留学生只是陪着我在旅行，事实上不是，到达了巴黎以后我才发现，接我的这个留学生不仅接了我，还接了另外50多位来法国旅游的中国人，他们来自各个省市，但是多数都是做生意的人和他们的太太们。在2001年的时候，欧洲没有向中国公民开放旅游，当时有钱或者愿意出钱去欧洲旅行的，最多的还是那个时候的一些有钱人。

　　这次旅行，全团只有我和另外一个来自深圳的女孩杨小姐是最寒酸的旅行者，因为我们两个除了交1.6万元的团费，就没有多少钱去参与其他的自费项目了。

　　我终于见到了塞纳河，它并没有我想象的那么美丽。那个带我们旅游的留学生告诉我们，每个人需要另外付钱，才能够登上塞纳河的游轮。全团50多个人，大家都跟着他买了票，只有我和杨梅没有买票，因为我们不知道原来跟着旅行团出来旅行，还要另外再出旅行的费用，我们也没有准备那么多钱。留学生问我们，你们不喜欢游塞纳河吗？我们说，我们只是不喜欢坐船而已。

　　游船开动了，登船的地方是不需要走回头路的，其他几十个人都在船上悠然地喝着咖啡，欣赏着两岸的风光。而在塞纳河岸边上，一男一女两个年轻人却只能跟着船的速度奔跑。

　　我们从船出发的港口一直跟到船停下来的港口，跑得浑身是汗，根本就没有时间去欣赏岸边的风光。那些下船的商务考察的太太们，其中有一个下来以后直接问我和杨梅，你们不喜欢坐船吗？我说我只是想锻炼一下身体而已，所以我更喜欢跑步。

5 "9·11" 后我是如何获得美国签证的

　　今天对于想去美国旅游的人来讲，突然发现美国的签证越来越容易获得了，甚至比欧洲的签证还容易获得，并且还是一年多次的签证。可是你可能没有想到，在"9·11"之后，我去申请美国签证的时候，那个难度有多大。

　　"9·11"之后，美国开始进入反恐阶段，对每一个来美国旅游的人都是严加考察。"9·11"发生在2001年9月，一年之后，2002年的10月份，我来到了美国驻广州的总领事馆。

夏威夷珍珠港沉船

面签那天，不到7点钟，领事馆门口就排满了人，因为那段时间积压了很多要去美国的人的资料。我是排在第30多位，人已经排到了领事馆的外面，冬天寒风阵阵，当时只想快一点儿排到里面去。

夏威夷

排了不到两个小时，八点半才开始正式签证。第一个出来的人走过我身旁时，我问："有希望吗？"他垂头丧气地摇摇头。之后每一个经过我身边的人都是垂头丧气的，很多人都拒签了。最让我不能理解的是，排在我前面的一个老太太，因为女儿得了癌症，她要去美国看望她的女儿。可是到她面签的时候，仍然拒签。在我的前面还有一个老画家，拿着一大卷他画的国画去领事馆面签，他得到了美国一个文化机构邀请

美国科罗拉多大峡谷

他办画展的机会。可是就是这样一个老年人也被拒签了。我当时想，我应该是没有希望了，虽然我已经做了充分的准备。

终于轮到我面签了，签证官看了一下我递进去的资料，问我："你为什么要到美国？"我告诉他，我是去旅游的。他告诉我，每个人都喜欢到美国旅游，这不是什么特别的理由啊。随手他就把我的护照扔了出来。这时候我突然感觉，也许这次真的是要被拒签了。签证官开始向我身后的人喊："下一位！"我突然想，如果不抓住这次机会，签证官就真的会在我的护照上留下一个拒签的印章。

墨西哥边境的小市场

我马上跟签证官说了一句话："你能不能先等一下，给我五分钟的时间。五分钟的时间对于你来讲，只是人生中的一瞬，可是对于

我，可能会改变我对一个国家的印象。"我说这句话的灵感是来源我当时刚刚看完了王家卫的电影《阿飞正传》，记得电影里张国荣为了追张曼玉演的女售票员，他每天都等在张曼玉下班必经的路上，每次见到张曼玉都会跟她说，今天是某年某月的几点几分，我和你在一起。连续几次之后，终于把张曼玉演的那个角色感动了。

当我也说出给我五分钟，也许这五分钟会让我改变对一个国家印象的时候，签证官停了一下，然后问我："五分钟，你想做什么？"这个时候我把我提前准备的一本书递了上去，这是一本杂志，名字叫《风韵》。在申请美国签证之前，我在这一年的"十一"去了埃及。从埃及回来，为了准备美国的签证，我听从旅行社朋友的指点，把埃及的旅行写成了游记，并且连同图片一起投给了《风韵》杂志社，《风韵》杂志刊登了我的游记，其中包括我在埃及金字塔的照片。

我把这本杂志递给签证官，我告诉他，我不是一个一般的旅行爱好者，我是一个喜欢写作旅行故事的旅行爱好者。随后我又递上了我在欧洲等其他国家拍摄的旅游照片给签证官，我告诉他："我已经去了19个国家旅行，美国是我申请的第20个旅行目的地。中国人喜欢完整的数字，我之所以把美国留在第20个国家，是因为我对这个国家非常重视。既然你们经常说，我们中国人不理解和不了解美国，那你们就应该

美国橙县海岸

让像我这样一路旅行、一路写作的人去用我的眼睛看真正的美国是什么样子，然后我再写出来同样的文章，让更多的人去了解真正的美国是怎样的。"当我在说这些话的时候，签证官翻完了那本书，把书递了出来跟我说："你不用再说了，请你明天来拿签证吧。"

这是我第一次差点出现拒签的签证经历。到目前为止，我的85个国家和地区还没有出现过一次拒签的记录。今天很多驴友在告诉我欧洲的签证不好拿、澳洲的签证不好拿，或者南美阿根廷的签证不好拿的时候，你不妨像我这样，做好充分的准备，即使是签证官拒绝了你的签证申请，你也可以抓住最后一线机会来申诉一下，你自己为什么去这个国家的合适的理由。假如这次美国签证，当签证官喊下一位的时候我就离开了，也许就不会得到最后的结果了。希望你从我的这次美国签证经历中获得启发。

好莱坞星光大道

旧金山

6

预先做何准备会有利签证

领取"中国时尚大典"十大时尚事件当事人大奖

从上一篇文章中我们可以看到，我提前在杂志上发表对某一个国家的看法和游记，会让签证官对你留下比较好的印象，毕竟大使馆也肩负着推广本国旅游的任务。可是有些读者会问，我没有更多的机会在杂志上、报纸上发表文章，那么我怎样能够让签证官对我的信任多一些呢？

在这里我可以告诉你，你也许没有机会在公开的杂志上发表文章，但是你可以开一个博客，开一个微博。在你去申请签证之前，你把你平时拍摄的旅行照片、写的旅行文章发在自己的微博、发在自己的博客上，这样也会有助于你获得签证。像我现在的每次签证，如果面见的时候，我都会有意带上手机，把微博打开给签证官看一下，让他知道我的旅行不只是单纯的旅行，我还在为你们国家的旅游做推广，让更多的网民知道你的国家有什么样美丽的风景，从

上湖南卫视节目专访

在广州电视台录制"晚安广州"节目，演唱歌曲《一条路》

而让更多的人来到你的国家去旅行，为你赚取外汇。这样的方法是非常有效的。

　　记得2010年，我去意大利旅游。当时是受一个读我博客的意大利白人维塔的邀请，出发与办签证的时间非常紧，我只有几天的时间去申请签证。而当时马上就要过春节了，春节去欧洲旅游的人又特别多。我曾经打电话问了熟悉的旅行社的工作人员，如果他们帮我代送签证，按正常的排队起码面签要排到十几天以后，这样时间是不够的。

　　于是我想到了给意大利领事馆发一封邮件。我在网上查到了意大利驻广州领事馆的邮箱地址，写了一封邮件，在邮件里介绍了我现在如何喜欢旅游，并把我的博客的链接贴在这封邮件中，希望领事馆能够为我开个绿灯，不要让我排队，提前给我签证。我是晚上8点发的这封邮件，没想到晚上10点我就得到了回复，回复说他们已看了我的博客，让我第二天一早直接来送资料就可以了，无须排队。所以想出国旅游的驴友，可以多借助现代化的手段，为自己的顺利签证提高过签的几率。

7 使馆不给签证怎么办

2009年我有一个计划，想把没有走过的南亚国家都走完，那个时候我已经去过了印度、斯里兰卡和尼泊尔。我在一份资料上看到了孟加拉国洪水泛滥成灾的新闻，每年6月份，这个千湖之国就会洪灾泛滥，很多人在每年的洪灾中死去。因为这个国家人口众多、土地稀少，每一次洪灾来临，桥梁倒塌，能够坐100人的渡船，总是会挤150人以上，最后导致渡船翻掉，很多人在洪灾中淹死。

孟加拉国人口在世界上排第九位，可是在任何国际场合中，都发不出他们自己的声音。这是一个什么样的国家？我非常想去了解这个国家的真实状况。这个时候我已经在写我的书《中国人你为什么不快乐》，当时我的出国旅游也从旅游、旅行进入到了第三个阶段——反思阶段，那个时候会带着话题去旅行。当时我想，要想了解一个国家的国民，就应该去了解他们的苦难。于是我专门选了洪灾泛滥的6月去孟加拉国，而在南亚的国家中，除了孟加拉国我没有去过，还有一个就是巴基斯坦。我希望这次孟加拉国之旅之后，我再飞往巴基斯坦。

【湖南卫视《百科全说》节目专访行走40国，主持人维嘉、万峰学习行走40国设计的多功能实用的10多种戴法。】

【北京卫视"天下天天谈"节目多次邀请行走40国做嘉宾，介绍旅行省钱妙招】

可是得到了孟加拉国的签证之后，我在申请巴基斯坦签证的时候，问题来了。我先在网上找到了巴基斯坦驻北京大使馆的电话，打过去告诉他们，我希望6月份去巴基斯坦旅行。可是电话里告诉我，这个时候巴基斯坦正在动乱，因为美国轰炸塔利班，国内的局势相当不稳，所以暂时不能给我办签证。

在非洲的津巴布韦

难道这次的南亚之旅，巴基斯坦就这样放弃了吗？我不甘心。后来我在网上查到，巴基斯坦在广州设有一个商务签证处，这个签证处基本是面对商务考察的，本身在广州也有大批的围绕着广交会做批发生意的巴基斯坦公民，这个领事馆也承担着处理巴基斯坦公民事务的任务。我开始想怎样能够说服广州的领事馆，给我发一张旅游签证。看起来这不太可能，因为没有先例。

就在找不到办法的时候，我突然想到，我当时还有广州电视台工作人员的身份，我能不能以电视台采访的身份先认识大使馆的总领事？于是我在网上查到了巴基斯坦驻广州领事馆的电话，把电话打了过去。接电话的是一位中国的秘书，我向她咨询了大使的名字，她告诉了我，叫安准。我告诉她，我是电视台的工作人员，我希望见到他，有事商量。

通常如果不是媒体的人打电话过去，秘书一般都会把人挡在门外。当我提到见安准，但并没有说什么事的时候，秘书告诉我安准很忙，他没有太多时间。我同样跟她说，我只需要15分钟的时间。在我联系这件事的时候，我当天下午还要起飞去台湾旅行。我告诉她，我的时间也非常有限，我希望在午后

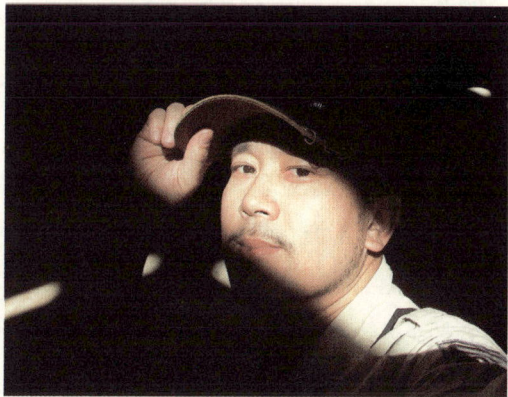

能够请安准先生安排15分钟的时间，跟他谈事情。

秘书小姐让我等电话，5分钟以后我接到她的电话，她说领事在下午一点多钟，可以抽出15分钟和我见面。于是我同样带了报纸、杂志对我个人的报道，也带了电脑。

但因为担心到领事馆没有网络打不开网页，我提前在家里把电脑上我发的有关其他国家的旅游文章打开了几篇，没有关机的情况下带着电脑见到了安准。

我首先告诉他，我这些年一直在各地旅行，南亚国家都走遍了，只有巴基斯坦还没有去。我也写了很多关于印度的文章，对印度的旅游推广起到一定的作用。安准看了我写的文章之后，他也表示，"我非常欢迎你能来我们巴基斯坦观光旅游，推广巴基斯坦的旅游景点。可是这段时间局势不稳，巴基斯坦很多地方在闹游行和示威，非常不安全。况且6月份是巴基斯坦非常炎热的季节，我们的领事馆还没有发出过旅游签证，旅游签证应该到北京去申领。"

为了打消安准先生的顾虑，我没有告诉他，我在北京曾经打过电话，被拒绝签证的事实。我只是再次表示，我非常想去巴基斯坦，想去看一看真实的巴基斯坦是什么样的。安准说，我可以特别给你发出一张旅游签证，甚至我可以不收你的签证费，但是希望你是在12月以后，春节前后来巴基斯坦，我也会安排其他的人接待你。

可是我还是不甘心，我告诉他，你放心，关于我的安全问题我自己会负责，我已经走了几十个国家了，也经历过许多动荡事件，我有处理突发事件的丰富经验，并且我在巴基斯坦有朋友对我进行帮助。这时候把马来西亚驴友留给我的巴基斯坦的希拉希的电话给他看，我告诉他，如果出现什么问题的时候，至少巴基斯坦的朋友会对我进行帮助和救助。安准先生经不住我的固执，最后终于同意给我发出了一张旅游签证。

8 怕准备资料麻烦怎么办

办签证是一件非常繁琐的事，除了要开单位证明，填各种表格，还要去提供房产证明、汽车驾驶证的复印件，等等。当然了，提供得越细、越多，越有利于获得签证。这些年我走南闯北，即使是不出行的时候，有时候在广州，有时候在北京，有时候又在上海，而我的户口是在广州，只要在广州有领事馆的国家，我的签证都需要回广州去办。

往往接到一个邀请，从告诉我到出发，之间只有很短的几天。在这样的情况下，怎样让自己的签证变得不那么麻烦

纽约曼哈顿

呢？其实大家可以用我这个方法，现在的旅行社都会有一个签证部门，他们在为我们的签证跑上跑下，收取一定额度的手续费。如果你真的是不喜欢去做这么繁琐的签证准备工作，可以把它交给一个正规的旅行社为你办理，但是基础的资料你还是要提供给他。约定了面签之后，你也仍然要亲自上门去与签证官交谈，只是这其中跑腿的事情省去了，看你自己的需要吧。

我这几年很多跑签证的事都交给广东一家旅行社来帮我办，建议经常出国的人如果没时间去跑签证，把你的各种资料交给一个固定的旅行社，每次都让他们来帮你跑。比如现在，我计划了某次出发的旅行，如果人不在广州的话，我直接打电话告诉常与我合作的旅行社，这个旅行社有我的全套资料，不需要我再重复提供。我只需要告诉这次旅行的目的地，他们就会替我完成。所以对于怕繁琐的你，不妨也可以用我的方法，花一点钱让旅行社为你办理吧。

9

我顺利签满了6本护照

2012年国庆节前夕，中央电视台新闻频道的一个摄制组来到广州，他们找到我，要拍摄我的旅行故事。当时他们要拍一个电视片，叫《变化十年》，讲述中国公民出境旅游这十年的变化，他们希望找一个多次出境旅游的人，他经历了入世以来中国十多年出境旅游的整个过程。他们认为我非常合适。

当我把用过的6本护照给他们，他们拍下画面的时候，编导非常惊讶。每一本护照打开，第一页都是一张护照主人的照片。我的照片从第一张浮肿的、胖胖的、眼神呆滞的形象到最后一本护照上的精神饱满的形象，明显变得精神了很多，这些巨大改变，一路记录着我这十几年的变化，这一组护照就是一个小世界。

从第二本护照开始，我留起了胡子，那是在埃及旅行的时候我做出的决定。当时看到很多中东人留着阿拉伯人特有的胡子。而在2001年第一次出国的时候就遭遇假警察，在巴黎还被关进黑酒吧，被诈、被骗。我开始想起中国人说的一句话，"嘴上无毛，办事不牢"。也许我的面相是一个太容易受骗的、容易受欺负的人的面相吧。从埃及回来以后，我开始留了埃及人特有的阿拉伯胡子，人变得成熟、变得稳重，在这之后还真的没有出现在旅途中被骗的情况。

出国前，香港摄影师亚辰拍的照片，曾经在新快报青春版刊登，那时还没有蓄胡须

再之后，我的护照照片不仅是面容有了很大的改变，在我的两鬓还出现了不同的图案，我自己称之为"文发"。那是2007年开始的，当时我去中东，看到一些沙特人，他们在自己面颊的胡青上文上了不同的图案。我当时已经有了旅行几年的经历，这一路上碰到的很多当地人和外国游客都会对我讲日语，他们总把我当成日本人。我要不停地向他们解释，我是中国人。

12年后在美国密西西比河旅行，我已经变成大叔

在这些年的旅途中，我也看到很多中国游客，在旅游风景区做出一些不文明的行为，比如说攀爬雕像、乱刻乱画，而那些看到不文明行为的外国人，当他们嘴里轻蔑地吐出"Chinese"的时候，我的心是非常难受的。一个在国外旅行的中国人，你做的一点不文明的行为，你认为影响的是你自己，可是你不知道，你的面孔代表了你的国家，因此，不管在哪，都要注意自己的言谈举止。

在这之后我开始想，在国外旅行的时候，我一定不能做有损中国人形象的事情。我开始学中东人文发，我的面颊上没有中东人那么多的胡须，我就把我的想象文在我的两鬓。一面文上我的国籍，我当时很想文一面五星红旗，可是我的鬓角没有那么宽的面积，所以就文上了国旗的一角——一个五星。每天早上，当我起床后刮胡子、洗脸的时候，镜子里会出现这个鬓角的五角星，它会提醒我，这一天所做的任何一件事都不能有损中国人的形象。而我另外一面的鬓角是为我自己文的一朵祥云，我希望每次出国旅行的时候，都能有祥云相伴，平安归来。

这6本护照，每一张照片的变化，都记录着我的出国旅行，从菜鸟到成熟的过程，今后也许我的护照还会有更多的变化。

在我的下一本护照上，你将会看到怎样的我呢？

上海田子坊的一杯茶

10 我的签证顺序

　　如果不想有拒签的记录，就要本着循序渐进的方法去申请签证，不能一口吃个胖子，签证的顺序很重要。如果第一次出国，就去拒签率很高的国家，那十有八九是会被拒签的。

　　当然，关于哪些国家难签，每个时期都是不同的。

　　十几年前，我刚开始出国旅行时，美国和西欧是比较难签的，所以我要先去东南亚签护照，之后再去申请西欧就容易了。

　　可是三年前，我去南美洲重游时，发现十年前非常容易签证的南美洲一些国家难签了，我即使早年去过阿根廷，还要我亲自面签。而以前不容易签的美国、欧洲和澳洲反倒容易签了，尤其是美国，一申请就是给一年多次往返。原因是欧美金融风暴后经济下滑，很喜欢大手笔的中国游客去那里消费购物，还有一个原因是这些年中国游客在欧美滞留不归的也少了，而南美洲收紧对中国游客的签证，也是因为曾发生了一些中国游客跑掉的案例。

　　我用完的6本护照还没有拒签的记录，我从2000年至今申请签证和旅游国家与地区的顺序在这里也给大家曝光一下（部分国家是落地签）。

15岁那个在黑龙江宝泉岭中俄边界的顽皮少年就是我

青年时期在台湾澎湖岛

（1）出行的理由：既然我无法掌握生命的长度，那就让我去掌握生命的宽度吧！

在以色列地中海岸旅行

（2）出行的国家和地区

从2000年起，我开始启动梦想。到2013年9月，我的足迹已踏上了以下这些国家和地区（时间顺序如下）：

1. 中国香港特区	2. 中国台湾	3. 越南	4. 马来西亚
5. 新加坡	6. 泰国	7. 法国	8. 卢森堡
9. 比利时	10. 荷兰	11. 德国	12. 奥地利
13. 意大利	14. 圣马力诺	15. 梵蒂冈	16. 俄罗斯
17. 韩国	18. 中国澳门特区	19. 印尼	20. 阿联酋
21. 土耳其	22. 埃及	23. 美国	24. 加拿大
25. 斯里兰卡	26. 马尔代夫	27. 菲律宾	28. 澳大利亚
29. 柬埔寨	30. 日本	31. 印度	32. 老挝
33. 巴西	34. 阿根廷	35. 津巴布韦	36. 赞比亚
37. 肯尼亚	38. 英国	39. 丹麦	40. 瑞典
41. 挪威	42. 芬兰	43. 匈牙利	44. 斯洛伐克
45. 捷克	46. 西班牙	47. 葡萄牙	48. 希腊
49. 叙利亚	50. 约旦	51. 南非	52. 朝鲜
53. 尼泊尔	54. 文莱	55. 孟加拉国	56. 巴基斯坦
57. 缅甸	58. 瑞士	59. 列支敦士登	60. 摩纳哥

61. 斯洛文尼亚	62. 卡塔尔	63. 巴林	64. 斐济
65. 新西兰	66. 塞尔维亚	67. 罗马尼亚	68. 马其顿
69. 阿尔巴尼亚	70. 南极	71. 智利	72. 瓦努阿图
73. 爱尔兰	74. 波兰	75. 拉脱维亚	76. 爱沙尼亚
77. 立陶宛	78. 冰岛	79. 帕劳	80. 以色列
81. 萨摩亚	82. 墨西哥	83. 毛里求斯	84. 留尼汪

（3）行走40国行走时间表

【1997年】中国香港特区、中国台湾

【1998年】7月：中国澳门特区

【2000年】10月：越南

【2001年】1—2月：泰国、马来西亚、新加坡

4—5月：法国、卢森堡、比利时、荷兰、德国、奥地利、意大利、

圣马力诺、梵蒂冈

7月：俄罗斯

10月：韩国

【2002年】2月：印尼

5月：泰国（普吉岛）

9—10月：阿联酋、土耳其、埃及

12月：美国、加拿大

【2003年】1月：斯里兰卡、马尔代夫

6月：菲律宾

7月：澳大利亚

10月：柬埔寨

【2004年】3月：日本

5月：印度

10月：（金三角）老挝、泰国（清迈）

【2005年】4—5月：巴西、阿根廷

罗马尼亚的鸽子把我包围了

【2006年】1—2月：肯尼亚、津巴布韦、赞比亚

9—10月：英国、丹麦、瑞典、挪威、芬兰

【2007年】1—2月：俄罗斯

4—5月：奥地利、匈牙利、斯洛伐克、捷克、德国

9—10月：西班牙、葡萄牙、希腊、法国

【2008年】1—2月：阿联酋、叙利亚、约旦

4—5月：南非

9—10月：朝鲜

【2009年】1月：尼泊尔

3—4月：马来西亚、文莱

6—7月：孟加拉国、巴基斯坦、马来西亚

12月：缅甸

【2010年】2—3月自驾游：意大利、梵蒂冈、瑞士、奥地利、德国、法国、摩纳哥、斯洛文尼亚、卡塔尔、巴林

7—8月：斐济、新西兰（自驾游）

10—11月：匈牙利、塞尔维亚、罗马尼亚、阿尔巴尼亚、马其顿、意大利、梵蒂冈

【2011年】1月：南极、阿根廷、智利

2月：马来西亚沙捞越

4月：韩国

8月：瓦努阿图、澳洲

8月25日—9月13日：从北京出发沿中国海岸线驾车抵达桂林、德国电视公司《奥迪q3穿越中国自驾之旅》

12月：阿联酋首都——阿布扎比、日本四国岛

【2012年】1月：日本冲绳岛

3月：日本（长崎、佐世保）、中国台湾、芬兰（赫尔辛基、图尔库、黑蓝谷旮旯）

4月：德国（法兰克福、海德堡、斯图加特市）、土耳其伊斯坦布尔

5月：中国西安（曲江、蓝田）

7月：中国神农架、中国三亚、英国（伦敦）、爱尔兰（都柏林、莫赫悬崖、戈尔威）

8月：波兰（华沙）、拉脱维亚（里加、尤尔马拉）、爱沙尼亚（塔林）、立陶宛（维尔纽斯、特拉凯）、丹麦（哥本哈根）、冰岛（雷克雅未克、蓝湖、冰湖、黄金圈）、英国（苏格兰首府——爱丁堡、伦敦）

9月：中国南京游、中国河南郑州（少林寺）、美国（纽约、北卡罗来纳州、新奥尔良、芝加哥）

10月：帕劳（帛琉—科罗尔）

11月：以色列（犹太大沙漠、死海、特拉维夫、拿撒勒、维尔德哈加力、加利利湖、提比利亚、黎巴嫩边界Rosh Hanikra、阿卡港、海法、凯萨莉亚）

【2013年】 1月：新加坡

2月：澳门、香港

3月：澳洲（黄金海岸、布里斯班）、萨摩亚、澳洲（悉尼、珀斯）

4—5月：澳门5日游、泰国（苏梅岛、曼谷）

6月：自驾奔驰GLK川藏朝圣之旅（成都、林芝、拉萨、纳木错）、河北承德（金山岭长城、避暑山庄、康熙大典、双塔山）

7月：自驾凯迪拉克用半个月完成滇藏之旅（丽江—拉萨），过程被拍成了6集纪录片《我们在路上》，在旅游卫视黄金时间播放。

8月：应雪佛兰迈锐宝邀请，月初在美国西海岸沿一号公路自驾游（旧金山—洛杉矶）从旧金山出发，最后在洛杉矶马里布海滩与迈锐宝代言人梁朝伟相会；中旬赴墨西哥完成100欧元游5天墨西哥的穷游实验。月底：开始用半个月完成青藏线自驾游。

9月：非洲毛里求斯、留尼汪岛。

OSTSCRIPT　后 记

十三年的旅行，在我身上积累了太多太多的故事，一两本书是无法写完的。从2001年我写出了《中国人你为什么不快乐》之后，我一直希望能够再出一本真正的旅行方面的书，而《中国人你为什么不快乐》是偏向心理学方面的。但是这些年我的旅行安排太紧密了，几乎每个月都有半个月或者十天的时间在国外旅行，回到国内又收到各种演讲和电视节目的邀请，占用了我很多时间，即使有写书的想法，也只是开了个头就放在了那里。

在冰岛教堂前等待看落日

这次出版这本书，是跟出版社非常有缘的。2013年5月17日，我开始去完成我人生中重要的一次旅行——西藏自驾之旅的时候，抵达林芝那几天我还有严重的高原反应，头晕头痛。那天驾车来到一个深山里的餐馆，准备吃饭的时候看到一个陌生的电话打过来，通常陌生的电话我是不接的。后来收到了一条短信，是中国地图出版集团测绘出版社文化生活出版分社社长兼总编辑赵强发过来的，他说从《北京青年周刊》上看到了我的事迹，很受感动。他说他们的出版社致力于打造国内最好的旅行出版读物。

最近找我出书的出版社比较多，因为我最近很忙，加上写一本书要花很多时间，所以很多都推辞了。当时我并没有抱太大的希望，但是我回了一个电话，电话里他提到，他们已经出了几个旅游大家的书，而且他希望把这本书作为重中之重的一本畅销书。而我个人这几年在博客和微博上最受欢迎的是"行走40国旅行妙招"，我认为这些妙招具备了畅销的特点，这是我花了十三年的时间和心血总结出来的，但是它的容量还不够，我也是一直想把它作为一个将来的压箱之作，找一个我认为最合适的、最有默契的出版社来推出这本书。回到北京后，我应约来到赵社长的办公室，这次交流让我们有了更多的共同点，于是才有了这本书的密切合作。

这本书的内容是经过仔细的挑选和斟酌
才定下来的。我也曾经想过，只写旅行妙招
可能会太机械、太枯燥，如果只写旅行故
事，又会跟市面上大多数旅行书太雷同。我
希望出一本特别的，又与现有的旅行书不同
的，既涵盖了精彩的旅行故事，又在其中总
结出了旅行方法的实用独特的旅行书。

对于书中所提到的一些方法，我希望
能够给读者提供一个范本，有一些你是可
以照着去学习，而有一些只是提供一种思
路。比如说赚旅费这一块，我希望读者能
够根据自己的特长，去寻找属于自己的一
些方式。这本书对于读者来讲如果能够达
到启发的作用，或者让你从中找到适合解
决问题的方法，那也就足够了。

对于我来讲，这本旅行妙招，我希望是
每一个行者，每一个出国旅行的菜鸟都随身
携带，可以反复看的一本既有故事，又有方
法的宝典。我也希望读者通过看这本书，在
我的基础上总结出自己的旅行宝典，让更多
的驴友能够少走弯路，完成出国旅行的梦想。

本书初稿完成于北京，二稿完成于墨西
哥，在中国青海湖至格尔木的青藏线自驾
旅途中修改完了最终稿，现在已经是早上4
点了……

2013年9月3日晨

澳大利亚黄金海岸

昆士兰州是唯一可以抱考拉照相的州